I0637615

ADÉLAÏDE

DE HONGRIE,

TRAGEDIE.

Claube Joseph Dorat

ADÉLAÏDE
DE HONGRIE,
TRAGEDIE
EN CINQ ACTES
ET EN VERS.

Par M. D O R A T.

A PARIS,

Chez MONORY, Libraire de S. A. Séréniſſime
Mgr. le Prince de Condé, rue & vis-a-vis la
Comédie Françoiſe.

M. DCC. LXXIV.
Avec Approbation, & Permiſſion,

RÉFLEXIONS

SUR L'ART DRAMATIQUE.

Nous sommes dans une de ces crises que le goût éprouve après s'être perfectionné. La satiété du beau amene la manie du singulier : le singulier, à son tour, en s'écartant des vrais principes, pourroit bien nous rejetter dans la barbarie.

Le Théâtre François sembloit être un asyle ouvert à la raison, aux bienseances & à la vérité. Le vertige est arrivé jusqu'à lui : les Satires personnelles l'ont dégradé. A leur suite, est venu le caprice de tout peindre aux yeux & de ne rien dire au cœur : il donna bientôt accès à ce tragique hors de nature, que nous adoptons après l'avoir critiqué chez les Anglois. Aujourd'hui, l'art de *Corneille* & celui de *Moliere* sont sacrifiés à un genre nouveau, connu sous le nom de Drames*; genre équivoque, qui permet tous les tons. On ne lit plus gueres les Romans, on les expose sur la scene; rien n'est perdu.

---

* En hazardant ces Réflexions contre les Drames en général, on doit rendre justice aux beautés qui distingueront toujours parmi les productions de ce genre, *le Philosophe sans le savoir*, *Eugénie*, *le Pere de famille*, *Beverley* & *le Vindicatif*.

Si les Auteurs de l'espece d'ouvrages dont il s'agit me permettoient de les prendre eux-mêmes pour Arbitres, je leur dirois : que prétendez-vous ? Quel est votre but ? Est-ce de peindre les mœurs & les caracteres de la société ? a la bonne heure : Mais, pourquoi ne pas suivre la route que nous ont tracée *Plaute, Térence, Moliere, Regnard, Dufresny, Destouches, Piron,* même *la Chaussée ;* car, ses Comédies, pour la plupart, à travers le pathétique qu'il y a répandu, sont la peinture très-fidele & très-délicate de nos ridicules. Croyez-vous que ces grands maîtres s'y soient mal pris, & qu'il vaille mieux innover, que de profiter de leurs découvertes ? Craignez-vous d'être imitateurs ? On ne l'est jamais en prenant son génie pour guide & la nature pour modele. L'ont-ils été l'un de l'autre ? Chacun d'eux a son trait original & distinctif.

Aspirez - vous, au contraire, à représenter les effets des passions, les désastres de l'humanité, mais resserrés dans la sphere commune des Citoyens ? Alors, voilà la Tragédie ; bourgeoise, tant qu'il vous plaira ; c'est le même art affaibli, dénaturé. Est-ce donc inventer, que de substituer à un genre sublime, un genre qui ne peut jamais l'être autant ? Nous sommes plus touchés, dites-vous, des infortunes qu'éprouvent les personnes d'un état semblable au nôtre que de ces revers éclatans des Héros & des Rois ? Cette idée eft plus spécieuse que vraie. Qu'on me préfente deux Infortunés, dont l'un soit d'une naiffance illuftre ; l'autre, d'une origine obscure : je plaindrai le second sans doute ; mais le Prince ou le Monarque attacheront mes yeux. Un` sentiment involontaire emportera, de son côté, mes soupirs & mon attention. C'eft, qu'en voyant son état présent, je me rappellerai celui qu'il devoit avoir, & que, par une combinaison insenfible, je mesurerai sa chûte à la hauteur du rang d'où il eft tombé. D'ailleurs, la peinture des malheurs qui accablent nos égaux, amene néceffairement un retour affligeant sur nous, & l'appréhenfion douloureuse d'y être plongés à notre tour. Un intérêt plus éloigné eft moins pénible. La plupart des événemens qui bouleversent la fortune des Rois, ne peuvent nous arriver ; c'eft une des causes qui nous en font préférer la représentation. Ils nous arrachent des larmes ; mais il s'y mêle une sorte de plaifir vague, dont on ne se rend pas compte, & qui exifte : une consolation secrette pour nous mêmes, c'eft de sçavoir, que nous n'y sommes point exposés. Autre jouiffance ; c'eft que notre esprit, bleffé des différences choquantes, que le hazard a mises entre les hommes, ne voit pas, sans quelque satisfac-

tion intérieure, ces coups du sort qui les rappro-
chent, les marquent du même sceau, nous prouvent
enfin que les Grands sont, comme nous, tributaires
de la douleur, & qu'on gémit sur le trône, comme
sous le toît pauvre du plus obscur des humains.

On aura beau chercher des raisons, ou plutôt
des sophismes; la Tragédie sera toujours le plus
noble, le plus intéreſſant, je dirois presque, le
plus utile de tous les Arts. Il n'eſt point naturel,
dit-on : tant pis pour nous, ſi nous ne trouvons pas
naturel l'héroïsme mis en action ; de grandes passions contraſtées avec de grands caracteres; l'ex-
preſſion vraie de toutes les vertus, de tous les
sentimens; un spectacle, en un mot, fait pour
des ames fortes, magnanimes, généreuses, amies
de l'humanité. C'eſt auſſi celui des crimes : oui ;
mais, comment nous les offre-t-il ? Dans les remords,
ou sur l'échaffaut. Qu'opposeront à cela nos Drames
bourgeois, adoptés avec tant de chaleur & de
succès ? Sont-ce ces minuties, cet enfantillage
théâtral, qu'on érige en nouveauté, & qu'on regarde comme un pas de plus dans la connoiſſance
de la nature ? Eh ! qu'avons-nous besoin d'une nature petite & bornée ? Au Théâtre, il faut, presque
toujours, la saiſir dans ses masses, rarement dans ses
détails. Le Spectateur n'a que deux heures à vous

donner ; il eſt preſſé d'entendre des choses , & vous
l'amusez par des riens indignes de son attention.
Seront - ce ces Scenes romanesques , qui surpren-
nent aux cœurs senſibles des émotions que la raison
désavoue ? N'y eut-il que la différence du langage,
n'eſt-elle pas toute entiere en faveur de la Tragédie ?
Vos héros, choiſis dans des conditions subalternes,
doivent, d'après le précepte d'*Horace* , parler con-
formément à leur état. Vous leur ferez dire des
choses touchantes ; mais, comment les diront-ils ?
Pourrez-vous donner à leur entretien cette grandeur, cette pompe , cette élévation, ces traits sublimes , dont nous frappent les héros de *Corneille*
& de *Racine*. Il eſt certain qu'on s'éleve avec les
Personnages, & ſi nous n'avions jamais eu que des
Drames bourgeois, la langue ne seroit jamais par-
venue au degré de perfection où elle eſt aujourd'hui.
En un mot , a dit ingénieusement un Ecrivain de
ce Siecle , il y a autant de diſtance de ce genre,
(qui n'en eſt pas un,) à la véritable Tragédie ,
que des supplices de *Calot*, aux martyrs peints par
Rubens.

Pourquoi d'ailleurs transporter sur notre Théâtre,
que diſtinguoient le goût & la raison ; pourquoi,
dis-je, y répandre ces teintes affreuses du génie Anglois ; génie indiscipliné qui se plaît dans la confu-

fion, dans le chaos, & qui ramene l'enfance d'un Art que nous avions conduit à sa maturité. Un des inconvéniens les plus marqués de ces Comédies lamentables, dont on afflige la scene est de refroidir le Public sur les productions sages des vrais modeles. Je m'apperçois que *Racine* ne fait plus tout l'effet qu'on doit attendre de ses chefs-d'œuvre. Sans l'harmonie de ses vers, plusieurs de ses Tragédies, qui excitoient l'admiration de l'autre Siecle, seroient peu goûtées par celui-ci. La raison en est simple. Le Spectateur accoutumé à la Pantomime convulsive, qu'exigent les Piéces modernes, ne peut plus sentir ces mouvemens naturels, ces développemens heureux, ces gradations délicates, ces beautés plus tranquilles de *Phédre* & d'*Iphigénie*. On ne veut plus que l'action marche; on exige qu'elle se précipite. On rit d'un Peintre qui *tourmente* ses figures; on applaudit au Poëte qui fait grimacer ses personnages. Qui s'opposera aux progrès du faux goût, si des hommes de Lettres estimables semblent le tolérer? C'est à eux de tenir tête à la mode, de contrarier le Public, de lui déplaire, s'il le faut, pour l'intérêt même de ses plaisirs. *Boileau* eut le courage d'embrasser *Racine* après le mauvais succès de *Britannicus*, & de louer, tout haut, cet admirable ouvrage : il se releva; & le Public fut ramené par un seul homme.

Le vice malheureusement eft bien enraciné : des atrocités ou des parades ! c'eft à quoi nous en sommes réduits ; & nous ne devons pas nous attendre, de fitôt, à un changement favorable. Notre Théâtre eft arrivé auffi haut qu'il pouvoit atteindre ; il faut qu'il dégénere. Riche de son propre fonds, peut-être prétendroit-il en vain à de nouvelles richeffes. La perfection dans les Arts eft le fignal de leur décadence. Les combinaisons s'épuisent. On eft refroidi par la crainte de n'être qu'imitateur ; il se fait une révolte secrette de l'amour-propre contre la néceffité de reconnoître des modeles : le découragement naît de l'orgueil même ; & l'on ceffe de poursuivre avec autant d'ardeur ce qu'il n'eft plus auffi glorieux d'obtenir. Toutes ces causes, imperceptibles d'abord, se font sentir à la fin ; & c'eft à cette époque que nous touchons. Notre fiecle eft fait pour jouir, non pour créer.

Le plus grand talent a besoin encore de circonftances qui le développent, & d'un Siecle qui le seconde. Le nôtre, environné de trésors, en eft venu à cette nonchalance, qui s'endort dans la poffeffion & ne permet plus d'acquérir. Presque tous nos grands Tragiques ont paru dans des moments qui favorisoient leur génie, & donnoient à leurs productions la couleur de l'esprit général. Lorsque *Corneille* s'éleva , la France respiroit à peine des longs troubles qui l'avoient déchirée. Tout fermentoit encore. Les factions étoient calmées ; les paffions ne l'étoient pas. Je ne sçais quel héroïsme républicain s'étoit emparé de tous les cœurs ; & le seul fruit des discordes civiles, fut de donner à la Nation un dégré de vigueur, que peut-être elle n'auroit point eu sans elles. L'honneur alors n'étoit point un reffort usé, ni la Patrie un vain nom qu'on prononçât par habitude. On venoit de voir de grandes intrigues conduites par de grands hommes. *Corneille* étoit sûr d'intéreffer, en mettant sur la scene des caracteres & des événemens rapprochés de ceux dont on se souvenoit encore. Il lui falloit un Siecle d'énergie pour l'infpirer, des efprits capables de s'élever avec le sien, & des ames assez fortes pour l'admirer.

Racine, quoique son contemporain, trouva une révolution senfible dans les mœurs & dans les idées. Un trône affermi, le frémissement des orages publics s'éloignant de jour en jour, le magnifique appareil des fêtes & des plaifirs, voilà ce qui le frappa & dut donner à son talent cette empreinte de douceur qui le caractérise. L'amour étoit devenu l'unique occupation d'une Cour brillante & polie. Toutes les séductions naiffoient en foule autour d'un Monarque jeune, qui, lui-même cherchant à plaire, en imposoit aux autres la nécessité. Quelques femmes célebres avoient perfectionné l'art de la galanterie. Ce commerce, si décrié de nos jours, conservoit par elles quelque chose d'auguste & de majestueux. Tels étoient les juges qu'il falloit captiver ; on ne pouvoit y réussir que par l'image de leur passion favorite, & la peinture délicate de leurs propres sentimens. *Racine* avoit trop de goût pour que cette réflexion lui échappât. Peut-être même ne fut-elle pas inutile pour développer en lui cette sensibilité répandue dans ses Tragédies, la tendresse un peu monotone de ses héros, sur-tout cette molle harmonie qui enchante l'oreille de ceux qui lisent *Iphigénie*; *Phedre* & *Bérenice*.

Je ne vois, parmi nous, que *Crébillon* qui fût *tragique-né*, & dont le génie ait été indépendant des tems & des lieux. Dans un cloître, dans un désert, il auroit fait des Tragédies par le seul besoin de répandre au dehors ce feu sombre qui tourmentoit son cœur & maîtrisoit son imagination.

M. *de Voltaire*, qui depuis a donné le ton à son siecle, sçut, ainsi que *Corneille* & *Racine*, profiter avec habileté du goût qu'il trouva dominant. Dès le premier pas dans la carriere, il fixa les yeux sur quelques hommes qui avoient imprimé aux esprits une sorte de mouvement philosophique conforme à sa maniere de voir & de penser. Il s'apperçut que la sphere des connoiſſances s'étendoit ; qu'on commençoit à plaider la cause des hommes & à prononcer les mots de vertu, de juſtice & d'égalité. Ce premier coup-d'œil lui indiqua un genre nouveau, le plus pathétique qu'on put jamais introduire sur la scene. La philosophie s'y montra avec toute la pompe de l'éloquence & la chaleur du sentiment. Les larmes coulerent sur les maux de l'humanité, & tous les cœurs volerent au devant de ces maximes bienfaisantes qui affermiſſent le bonheur du monde, quand elles sont suivies par ceux qui le gouvernent.

Voilà, sur-tout, ce qui assure à M. *de Voltaire*, le titre de créateur qu'on s'avise quelquefois de lui disputer ; mais, plus il approcheroit de la perfection, moins il laiſſeroit d'espérance à ceux qui viendront après lui.

Quoi qu'il en soit, le Théâtre eſt encore la carriere la plus séduisante & la moins abandonnée. Pluſieurs Ecrivains eſtimables y ont vu leurs essais accueillis ; mais, s'il m'étoit permis de leur donner un conseil, je les inviterois, au lieu de tenter des innovations incertaines, à se rapprocher avec courage de l'ancienne ſimplicité. Encore un coup, ce n'eſt point par des tableaux, des grouppes combinés & des effets pittoresques, qu'on va jusqu'au fond des ames remuer le germe des paſſions, ouvrir la source des larmes, porter le trouble du sentiment. Cette faible reſſource réveille, pendant quelque tems, le goût émoussé de la multitude, mais n'obtient pas le suffrage de la raison. Les véritables coups de Théâtre partent du cœur, non de la tête. Le développement des caracteres, la gradation de l'intérêt, le langage de la nature, un dialogue plein & soutenu, la pitié, la terreur amenées au comble par des nuances bien ménagées; voilà les grands, les seuls reſſorts de la Tragédie; voilà les poignards qui nous déchirent, & les beautés qui nous transportent. Tout homme qui écrit, s'il eſt pénétré de son sujet, ne se rejette pas sur les accessoires. Rien n'annonce plus le défaut de chaleur, que la recherche des ornemens. Ce seul mot, *qu'il mourut*, dans les *Horaces*, fait une impreſſion plus vive, plus profonde que ne fera jamais tout l'appareil faſtueux de la Tragédie moderne.

Une autre partie bien eſſentielle, selon moi, & trop négligée de nos jours, eſt le ſtyle dont il semble qu'on ne daigne pas s'occuper. Une Tragédie eſt faite pour être représentée : à quoi bon l'écrire? Voilà comme on raisonne. On ne songe pas aſſez,

que tel Drame, dont le fond eſt médiocre, se soutient & vit par le charme de la diction, tandis que
de très-beaux plans reſtent dans l'oubli, parce qu'ils
sont privés de cet avantage. Mais peut-être ne
ſeroit-il pas inutile de fixer quel eſt le vrai ſtyle
tragique, & jusqu'où la poéſie a le droit de l'em-
bellir ? J'entends dire tous les jours : *cette Tragédie
manque de coloris.* Qu'eſt-ce qu'on entend par ce
coloris ? Eſt-ce l'éclat de la verſification, le faſte
des images, une sorte d'enflure qu'on prend pour
de la grandeur ? En ce cas, ce n'eſt qu'un défaut
qu'on regrette. La perfection du ſtyle tragique con-
ſiſte, je crois, dans un choix de mots faciles &
naturels, une élégance sans recherche, une majes-
tueuse ſimplicité. J'ai toujours vu qu'une piece de
Théâtre, où le public compte les vers à prétention,
finit par ennuyer. Dès que la toile eſt levée, on
veut oublier le Poëte & ne voir que le Personnage.
Or, tout Personnage, de quelque paſſion qu'il soit
agité, dans quelque circonſtance qu'on le place,
doit parler sans apprêt, sans emphase, sans ce fatras
poëtique, qui détruit l'illuſion & glace le Spectateur.

Par un esprit ennemi de toute contrainte, on a
imaginé, depuis quelque tems, de transporter la
prose dans la Tragédie; & c'eſt un des secrets de
notre

notre Siecle pour appauvrir un Art qui n'a que trop dégénéré.

Ce Dialecticien ingénieux, qui a traduit exprès l'*Iliade* en vers, pour prouver qu'*Homere* étoit un Poëte médiocre, qui a fait des Fables où tout se trouve hors la naiveté, des Odes sans enthoufiasme, & des Tragédies sans passions, *Inès* exceptée ; ce Philosophe enfin, à qui il ne falloit qu'un peu moins d'esprit & de raison pour être un grand Ecrivain ; *La Motte* a échoué dans cet essai, & personne sans doute n'y réussira mieux que lui.

A Dieu ne plaise qu'on banniffe la Poéfie de nos productions théâtrales ! Elles y perdroient un de leurs principaux ornemens. Un sentiment, aidé d'un vers heureux, eft un trait de flamme qui s'ouvre le cœur, y pénétre & n'en sort jamais. La pensée la plus brillante acquiert encore de la grace par la cadence, & de la force, par le court espace où elle eft renfermée. La Poésie commande à la mémoire. Elle y laisse des traces lumineuses qui s'y approfondissent & ne s'effacent jamais. La Prose prend de longs circuits, elle arrive en se traînant ; le vers a des aîles. Lorsque l'action eft au fort de son mouvement, que les passions sont aux prises, & les caracteres, dans ce choc qui les fait valoir, on s'apperçoit moins peut-être de la nécessité de la mesure &

B

de l'harmonie ; mais elle eſt frappante , sur-tout dans ces détails ingrats , où il s'agit de revêtir la nudité d'une exposition ; dans ces scenes de repos où le Poëte prépare les événemens & a besoin de cacher , sous une couleur qui séduise , tous les fils de son intrigue.

En dépit des novateurs , laissons à l'art tragique toutes ses entraves; on ne l'a déja que trop dénaturé. Encore, si la Comédie n'avoit point été entraînée dans la même décadence. Mais il ne paroît pas qu'elle se soit maintenue davantage ; je veux dire, la bonne, la vraie Comédie, celle qui nous attache par la vue de nos propres travers , déride la raison, réchauffe la morale, allarme les sots , venge la vertu en flétriſſant le vice, & déguise , sous le voile d'une action enjouée , les préceptes de la plus saine philosophie.

On entend soutenir, dans le monde, assez généralement que tout eſt pris, qu'on s'eſt emparé des grands traits, & qu'il ne nous reſte plus que des nuances imperceptibles. Jamais Siecle cependant n'a prêté davantage au ridicule : qu'importe le masque , quand on a le secret de deviner ?

Il eſt certain qu'une superficie monotone place , à peu près, sous le même aspect, les objets différens de la société. Cet art d'être faux avec grace , l'habitude de vivre ensemble, le besoin qu'on a d'une indulgence réciproque, aligne, fi l'on peut le dire, tous les caracteres, & n'offre rien de saillant à l'œil diſtrait qui les parcourt. Levez cette enveloppe légere, le ridicule sera palpable & le vice prononcé. Il y a des originaux dans tous les tems. Qu'il s'éleve un Poëte comique! il sçaura bientôt les diſtinguer, les approfondir & les peindre. Il s'assujettira aux conventions de son Siecle & au ton établi. Les changemens arrivés dans les usages lui indiqueront ces nuances mobiles qu'il faut saisir, ou les écueils qu'il faut éviter. Il proscrira, sans doute, ces pieces, toutes de fiction, qui ne peignent rien, excitent un rire vague auquel la réflexion ne survit pas, & qui renvoient le Spectateur auſſi peu inſtruit qu'il étoit entré; mais, il s'enfoncera dans l'étude des convenances qui changent avec les modes, & de ces délicatesses que chaque luſtre varie. Il connoîtra les mœurs générales avant que de descendre au détail des mœurs particulieres : enfin, ce n'eſt qu'après de longues méditations, qu'armé de ces crayons hardis; que la vérité tailla pour l'Auteur du *Misantrope*, il exposera au grand jour du Théâtre cette foule de travers qui circulent infructueusement dans la Société, & qui alors lui deviendront utiles.

B ij

Je conviens qu'aujourd'hui il seroit peut-être dangereux, pour ne pas dire impossible, de donner au Théâtre des Comédies dans le genre du *Tartuffe*, des *Femmes Savantes*, des *Précieuses*, de *Turcaret*, même du *Méchant* : on ne veut plus être inquiété dans ses ridicules. Du persiflage, un jargon moitié leger, moitié métaphysique, quelquefois ingénieux, toujours froid ; la singerie de ce qui se passe dans nos cercles, où il ne se passe rien ; voilà ce qu'il nous faudroit, quand nous quittons l'effrayant & l'extraordinaire. En un mot, nous n'aimons plus, dans la Comédie, les traits articulés fortement. On tolere les beaux esprits ; on craint les Philosophes.

Les Auteurs Dramatiques ne sont plus ce qu'ils étoient autrefois. *Ariftophane*, lui-même, que nous jugeons trop légerement, parce que nous ne le connoissons pas assez, avoit la plus grande autorité sur l'esprit de ses Concitoyens, malgré le cinisme coupable qui l'entraîna à jouer la sagesse même dans la personne de *Socrate*. *Plaute* étoit soutenu & encouragé par tout ce que Rome avoit de plus illuftre. *Térence* comptoit *Scipion* & *Lélius* au nombre de ses amis. *Moliere*, parmi nous, fut appuyé par la Cour. C'eft sous cet abri puissant, qu'il porta l'art à son plus haut degré, & se rendit respectable à ceux même qu'il démasquoit dans ses ouvrages. Sans cela, le premier de nos Ecrivains seroit encore à naître : l'hypocrisie, qu'il a dépouillée de son masque, le mauvais goût, l'envie, la bassesse & l'autorité subalterne l'auroient étouffé dans son berceau.

Mais je m'apperçois que ces réflexions, si je voulois m'y livrer, m'entraîneroient beaucoup trop loin. Revenons à la Piece que je soumets au jugement décisif du cabinet, après l'avoir exposée aux orages de la représentation.

On est venu l'entendre, armé d'une prévention de six ans contre le sujet ; prévention, nourrie par les mal-intentionnés, adoptée par les indifférens, transmise avec complaisance de cercles en cercles, & qui, d'après tous les calculs littéraires, devoit me ménager une chûte vraiment satisfaisante pour les Amateurs. Le nombre de cette espece de gens se multiplie de jour en jour. Incapables du moindre effor, ils voudroient arrêter celui des autres. Toutes leurs tentatives sont presque toujours les convulsions de l'impuissance. La médiocrité commence assez volontiers par la bassesse, s'éleve peu à peu jusqu'à la méchanceté & finit le plus souvent par la fureur; telle est, du moins, la marche progressive des Zoïles modernes.

B iij

Il eſt sur-tout une classe de *dénigrans* qu'il seroit à propos de corriger par le ridicule ; ce sont des jeunes gens bien vains, bien envieux, bien bêtement méchants, admirateurs aussi niais, que détracteurs mal-adroits, de petits séides littéraires, sans éducation, sans principes, sans connoissance des hommes ni d'eux-mêmes, bouffis de la morgue collégiale, qui tranchent, décident, prononcent, se choisissent des idoles & des victimes, bégayent des éloges ou des injures, déraisonnent sur l'art dramatique au nom d'Aristote qu'ils n'ont jamais lu, & de M. de Voltaire, qu'ils ne sont pas dignes de lire. Ces sots enfans ne s'apperçoivent pas qu'on retrécit leurs idées, qu'on flétrit leur ame, qu'on leur enleve cette candeur précieuse, le charme de leur âge, & l'un des caracteres du vrai talent. Ils ne sentent pas que le droit de juger avec audace n'appartient pas même à l'expérience, & que les premiers pas dans la carriere ne doivent être marqués que par cette noble ardeur qu'inspire le desir de vaincre, ou par ces regrets généreux qui honorent la défaite.

Ce sont les graves *Ariſtarques* que je viens de peindre, qui se sont le plus déchaînés contre mon ouvrage ; & ces juges, vraiment comiques, sont très capables de faire siffler une Tragédie. Je m'étois fait, d'avance, tous les reproches que l'on peut faire à la mienne. L'avant-scene en est compliquée. Mais celle d'*Héraclius* & de *Rodogune*, l'eft-elle moins? Les événemens sortent de l'ordre commun; mais, croit-on que les événemens qui font la base de *Rhadamifte* & de *Semiramis*, soient très-ordinaires? La singularité des incidens n'en exclud point la vraisemblance, & ajoute peut-être à leur intérêt. D'ailleurs, comme j'ai senti les dangers de ma Fable, je l'ai liée à une époque hiftorique. La fiction, en se mêlant à l'hiftoire, contracte un air de vérité qui la soutient & la rend plus imposante. *Pepin* répudia *Berthe*, sa femme. Nos hiftoriens se taisent sur les motifs de ce divorce; ce silence met l'imagination à son aise. Le Poëte rentre dans ses droits. Il peut inventer, par-tout où il cesse d'avoir des objets d'imitation.

Quoi que l'on puisse dire de ce sujet, il m'a offert des situations si neuves & si intéreffantes, un pathétique fi doux, une pompe defpectable si majeftueuse, qu'il m'a séduit & entraîné, sans me laisser le tems de la réflexion. On a déja vu, sur notre scene, des Héros unis par la plus tendre amitié; l'amitié de deux Femmes n'y avoit pas été développée. C'eft une nouveauté que j'ai cru piquante; &, fi l'on m'attaque encore sur la vraisemblance, ce sont les Femmes elles-mêmes, qui se trouvent intéreffées

à me défendre. Ai-je eu le bonheur de les attendrir ?
Je défie la critique. Elle n'a jamais prévalu sur l'autorité des larmes.

On m'avoit reproché dans *Regulus* trop de sim-
plicité dans la marche, & d'auſtérité dans les caracteres ; j'ai voulu essayer un tableau d'un coloris
plus tendre , & d'une plus vaste ordonnance. Les
traits de force , de grandeur & de fermeté répu-
blicaine ont preſque l'air fabuleux ; tant l'espèce
humaine a dégénéré & tant les phénomènes de vertu
ont peu de droits sur notre crédulité ! Brutus, l'un
des chefs-d'œuvre de M. de Voltaire , n'a arraché
d'abord qu'un succès d'estime , au lieu de l'ivresse
qu'il auroit dû produire. C'est dans notre amour-
propre même que je trouve les raisons de notre froi-
deur pour ces sortes de sujets. La peinture de ces
actions sublimes , dont nous avons aujourd'hui si
peu de modeles , & de ces grands efforts aux-
quels il est si difficile d'atteindre, ne sauroit ex-
citer dans le plus grand nombre des Speɛtateurs
qu'une admiration vague , qui rarement devient
un plaisir. Il semble alors qu'on les conduise dans
un monde étranger , créé par l'imagination pour
être la satyre du nôtre. L'esprit applaudit ; l'ame
est souvent muette & glacée *. La véritable illu-

---

* Les Tragédies de Corneille sont une exception à ce que je
dis. Sa sensibilité est si forte dans tous les genres , qu'il répand

fion du théâtre naît du retour sur soi-même, & des rapports que l'on surprend entre soi & les personnages représentés. On aime à retrouver sur la Scène ses penchants, ses vices mêmes. L'homme souffre volontiers une lumiere qui n'éclaire que lui, & ne le force point à rougir devant les autres. Dès que Rhadamiste paroit, mon ame suit les mouvemens de la sienne. Je m'emporte avec lui ; avec lui je verse des larmes. Sa jalousie s'empare de moi ; son repentir m'attendrit. Il m'arrache à moi-même ; il me transporte, pour ainsi dire, à ses côtés. Que deviendroient toutes ces émotions, s'il n'étoit que vertueux. Les passions, les crimes, les remords, voilà le vrai cortége de Melpomene ; & les foiblesses au théâtre ont bien plus de partisans, que les vertus n'y trouvent d'admirateuis. Il faudroit, pourtant savoir gré aux Auteurs dramatiques qui nous rameneroient à ce genre si noble, si élevé, & dont les difficultés mêmes sont un nouvel attrait pour le génie qui sait tout applanir. Il est sur-tout des momens de sommeil & de langueur que tous les peuples ont éprouvés, où les ressorts se détendent, où l'émulation s'éteint, où les lumieres des particu-

---

de l'intérêt sur tout ce qu'il traite. Il échauffe en raifonnant, & donne de l'ame même à la politique. Quel Ecrivain ! il est au-dessus & de la critique & de l'éloge.

liers ne servent qu'à les aveugler sur le bien général.

C'est alors qu'il paroit indispensable de réveiller
dans les ames ces sentimens généreux, cet en-
thousiasme patriotique qui a donné de si beaux spec-
tacles à l'univers. Mais le moyen de rendre plus
frappans ces exemples d'héroïsme, c'est de les pui-
ser dans nos annales, &, si j'ose le hazarder, dans
le trésor des mœurs antiques. C'est ce qu'a fait M.
de Voltaire dans *Tancrede*. Quelle foule de traits
nous présentent les fastes de la Chevalerie ! époque
brillante & chere où l'honneur n'étoit point limité
par l'égoïsme, où les plaisirs s'ennoblissoient par
un appareil guerrier, où la galanterie même étoit
une source de courage, où les François enfin for-
moient un peuple de héros & d'amants qui ser-
voient avec la même ardeur & leur pays & leurs
maîtresses.

Le Théâtre Anglois, tout monstrueux & incor-
rect qu'il est, est peut-être plus intéressant que le
nôtre. C'est une galerie de tableaux où la nation
se reconnoît toujours. Elle s'y admire dans ce
qu'elle a d'estimable; elle y rougit de ses foiblesses. L'illusion est plus forte, le plaisir plus vif, l'uti-
lité plus étendue. Un des plus beaux priviléges de
la Scène est de consacrer les grandes leçons. Elles

n'acquièrent que là ce degré de chaleur & de vérité qui les grave dans le souvenir des hommes.
Il n'y a point de Traité de morale qui vaille le dernier Acte de Cinna, & le sublime dénouement
d'Alzire. Pour moi, encouragé par la bienveillance
du public honnête, c'est en cherchant à lui offrir
des tableaux de ce genre, que je tâcherai de sup-
pléer à la foiblesse de mes talens. Mon but, en mettant sur la Scène l'avénement de Pepin à la Couronne, avoit été de tracer le modele d'un jeune
Roi qui accordât avec les devoirs du Monarque
les vertus du Citoyen. De ce qui n'étoit qu'une
fiction, les circonstances en ont fait une vérité.
Ma Tragédie a du moins cet intérêt, qu'on n'osera
lui disputer, c'est qu'elle est, à plusieurs égards,
l'histoire du moment, & qu'on ne pourra la lire
sans cet attendrissement qu'éprouvent les cœurs
sensibles à la vue d'un portrait, dont ils adorent le
modele.

EPITRE

A MADAME LA COMTESSE
DE BEAUHARNOIS.

M̲ADAME;

Il suffit de vous nommer, pour rappeller
l'idée de la figure la plus touchante, & de l'esprit le plus séduisant ; mais c'est à votre ame

ÉPITRE

que je consacre cet hommage ; à cette ame si douce & si noble , & dont les qualités précieuses restent cachées trop longtemps sous le voile de la modestie. Pardonnez , si j'ose en révéler le secret. Quand l'éloge est une justice, il ne fait rougir ni celui qui le donne , ni celle à qui on l'adresse. Souffrez aussi , Madame , que je m'applaudisse de vous avoir prise pour premier juge de l'Ouvrage que je vous présente. S'il a quelque mérite , je le dois à vos conseils. Ce que votre goût prescrit, vos grâces le persuadent. C'est dans vos entretiens aussi intéressans qu'utiles , qu'on apprend à développer les charmes d'un caractere honnête , l'expression des vertus , & les délicatesses du sentiment.

Je tremblois , vous le sçavez, pour le sort

ÉPITRE.

d'ADELAÏDE, vos larmes m'ont rassuré ;
& son succès a commencé pour moi , du moment
où elle a eu le bonheur de vous attendrir.

Daignez agréer ce témoignage public des
sentiments respectueux avec lesquels je suis ,

MADAME ,

Votre très-humble & très-
obéissant Serviteur ,

DORAT,

PERSONNAGES.   ACTEURS.

Meſſieurs.

PEPIN, Roi de France.   M o l é.

RICOMER, Ancien Officier de Martel,
   & autrefois Gouverneur de Pepin.   Brizard.

CLÉONIME, jeune Hongrois.   Monvel.

UN OFFICIER.   Dauberval.

Meſdemoiſelles.

ALISE, crue Reine de France, ſous le
   nom d'Adélaïde.   Vestris.

MARGISTE, mere d'Aliſe, crue Dame
   d'honneur d'Adélaïde.   •   Dumesnil.

ADÉLAIDE, ſous le nom d'Eumélie.   Raucourt.

ARGENICE, Reine de Hongrie, mere
   d'Adélaïde, & crue mere d'Aliſe.   Sainval.

FANIE.   ⎫   M o l é
        ⎬ femmes de la ſuite d'Aliſe
ORPHISE. ⎭   Lachassaigne.

Deux enfants de Pepin, Perſonnages muets.

GARDES, OFFICIERS, SUITE.

La Scène ſe paſſe à Paris, dans le Palais des Rois.

ADELAÏDE
DE·HONGRIE,
TRAGEDIE.

ACTE I.

Le jour ſe leve. Le Théâtre repréſente un Veſtibule
ouvert par trois Arcades. Des deux côtés ſont diffé-
rentes portes qui conduiſent à différens appartemens.

SCENE PREMIERE.

MARGISTE *ſeule, (accourant ſur la ſcene avec*
trouble & précipitation).

O SONGE plein d'horreur ! épouvantable nuit !
La foudre gronde, éclate, & l'éclair me pourſuit.
Au défaut du remords, les Cieux impitoyables
Arment juſqu'au ſommeil pour punir les coupables.

A

Quel sommeil ! quel chaos de mille objets confus
Qui m'agitent encor, lorsqu'ils sont disparus !
J'ai cru voir ce Mortel qu'aux rives de la Seine
Je ne sais quel motif après six ans ramene ;
Ce Ricomer dont l'œil formidable & vengeur
De ses mornes regards semble éclairer mon cœur.
Sous les pas de ma fille il ouvroit un abyme,
Et d'un spectre voilé je tombois la victime ! . . . .
Phantômes effrayans, vous menacez en vain ;
La terreur qui vous suit n'entre point dans mon sein.
Par mes vastes projets mon ame est agrandie ;
Rien ne peut, rien ne doit accabler mon génie.
Le fardeau de mon crime est tout entier sur moi ;
Je le porterai seule, & toujours sans effroi.
O toi, qui, m'opposant ta douleur obstinée,
Baignes de pleurs le Trône où tu fus entraînée ;
Déplorable jouet de mon ambition,
Toi, qu'en ces lieux je n'ose appeller de ce nom,
Ma fille, c'est assez : cache moi ta foiblesse ;
Ton chagrin m'importune, & ta frayeur me blesse.
Le sceptre est dans tes mains, tu regnes, je puis tout ;
Le péril m'enhardit, & le succès m'absout.
Cet art qui, devançant la lenteur des années,
Soumet les Astres même, y lit nos destinées ;
Et surprend des secrets enfermés dans les Cieux,
Assise au rang des Rois vint t'offrir à mes yeux :
Mon inquiete ardeur dévora cette image ;
Et je franchis l'écueil, sans prévoir le naufrage.

Je ne balançai plus fur le choix du moyen :
Ivre d'un noble efpoir, je ne craignis plus rien :
Le fort, ce même fort qui menace ma vie,
Sut m'indiquer la route, & mes pas l'ont fuivie.
J'entends du bruit. On vient : Pepin doit en ce jour
Raffembler en ces lieux tous les Chefs de fa Cour.
Il paroît. . . . . Quel ennui femble affiéger fon ame !
Evitons fes regards ; fortons.

SCENE II.

MARGISTE, PEPIN.

PEPIN.

Restez, Madame.

MARGISTE.

(à part.) (haut.)
Ciel ! Quels foins, ou plutôt quels foucis inquiets
Vous font feul, à cette heure, errer dans le Palais.

PEPIN.

Ah ! Margifte, ces foins qu'exige la Couronne
Ne font point les foucis, mais les devoirs du Trône.
Chef d'un peuple guerrier, honoré de fon choix,
Je chéris un fardeau qui pefe à tant de Rois.

L'Europe voit enfin chez ce peuple fidele
Fleurir de Souverains une tige nouvelle ;
Elle commence à moi ; par des travaux conftans
Je faurai l'affranchir de l'injure des temps ;
J'ofe le garantir. Le fceptre de la France.
Chancela trop de fois aux mains de l'indolence ;
Et l'ombre de Martel, errante autour de moi,
Me répete fans ceffe : Agis, combats, fois Roi.
Oui : fa tombe eft l'Autel où j'ai juré de l'être ;
Je te le jure encore, ô mon pere, ô mon Maître !
Honorables devoirs, vous ferez mes plaifirs ;
Vous ne m'arracherez ni plaintes, ni foupirs.
Mais il eft des chagrins & des peines cachées,
Comme des poifons lents dans le cœur épanchées ;
On s'en diftrait envain : renaiffantes toujours,
Elles viennent troubler le cours des plus beaux jours.
Les conquêtes, la gloire & leur pompe infenfée,
Ne guériffent point l'ame, alors qu'elle eft bleffée....
Vous m'entendez, Madame, & vos yeux pénétrans
Lifent dans un fecret renfermé trop longtemps.
La Reine....

MARGISTE.

Eh bien !

PEPIN.

L'objet de l'amour le plus tendre,
Au lieu de ce bonheur que j'ai droit d'en attendre,

Remplît mes jours de deuil, d'amertume & d'horreur,
Chaque moment ajoute au trouble de son cœur.
Exauçant mes souhaits, envain le Ciel lui-même
Avoua notre himen par des gages que j'aime :
On diroit que son rang la gêne quelquefois ;
Elle semble étrangere à la pompe des Rois,
Elle qui sort d'un sang à qui le mien s'allie,
Fille des Souverains qu'adore la Hongrie !
Dès que je l'interroge, elle verse des pleurs,
Répond en soupirant, & me tait ses malheurs.
C'en est trop : vous avez élevé son enfance :
Comment interpréter ces larmes, ce silence ?

MARGISTE.

A peine elle comptoit son quinzieme printemps,
Du Cloître, où sans éclat couloient ses premiers ans,
Elle se vit soudain sur le Trône élevée,
Ravie à sa patrie, à sa mere enlevée.
Ce n'est pas tout encor : pour comble de chagrins,
Aussi-tôt que l'himen eut lié vos destins,
Vous le savez, Seigneur, la politique altiere
Souleva contre vous les Etats de son pere :
Craignant de toutes parts les plus sensibles coups,
Son cœur se partageoit entre ce Prince & vous,
Et ces pleurs, ces regrets dont votre amour murmure,
Sont de justes soupirs donnés à la Nature.

P E P I N.

La Nature, fans doute, a des droits révérés ;
Mais les droits de l'himen en font-ils moins facrés ?
Sur-tout ceux de l'Amour : de moi qu'a-t-elle à craindre ?
Ne voulant que l'aimer , faut-il toujours la plaindre ,
Confoler des ennuis . . . . que je ne connois pas ,
Détefter fa contrainte , adorer fes appas ,
Languir dans les tourmens d'une importune flamme ? . . .
Ah ! j'avois mérité de lire dans fon ame ,
D'y répandre la joie & la fécurité ;
Confiance , bonheur , elle m'a tout ôté ;
Et ce cœur l'idolâtre ! Il eft né trop fenfible :
Quoi ! toujours des combats & pas un jour paifible !
J'interroge l'Amour , j'implore l'Amitié ,
Ils fe taifent tous deux , ou parlent à moitié.
Une Cour fatiguante , une gloire ftérile ,
D'un triomphe fanglant l'appareil inutile ,
Voilà ce qui me refte ; & , lorfqu'autour de moi
Tout ce Peuple applaudit aux fuccès de fon Roi ,
J'erre dans ce Palais , pompeufe folitude ,
Où pénetre avec moi la fombre inquiétude.
Affranchi des périls qu'il m'a fallu braver ,
Je cherche un cœur qui m'aime , & ne le puis trouver.

M A R G I S T E.

Tout eft calme aujourd'hui ; le bruit des armes ceffe.

Un Héros pacifique invite à la tendreſſe ;
Ah! Seigneur, ces ſoupçons , ces reproches, ces vœux ,
Laiſſez-les expirer , de grace , entre nous deux ;
Permettez que toujours la Reine les ignore ;
Vous verriez ſa douleur s'en augmenter encore :
C'eſt à moi de fixer ſes regards abattus
Sur l'éclat que la gloire ajoute à vos vertus.

P E P I N.

Hélas ! environné d'un éclat qui vous frappe ,
J'ai rencontré la gloire , & le bonheur méchappe.
J'entrevois cependant une lueur d'eſpoir ;
Et l'appui que j'attends aura quelque pouvoir.

M A R·G I S T E, (*avec empreſſement.*)

Quel eſt-il ?

P E P I N.

Il ſuffit.

M A R G I S T E, (*fixant Pepin avec attention.*)

Quoi ! votre défiance ? . . . .

P E P I N.

L'incertitude encor me condamne au ſilence.

M A R G I S T E.

Au nom d'Adelaïde , au moins , daignez , Seigneur ,

A iv

M'expliquer un fecret dont s'allarme fon cœur.
Vous aurez fu quelle eft cette jeune Eumélie,
Inconnue à la Cour, par le fort pourfuivie,
Que Ricomer protege & dérobe à nos yeux ?

PEPIN.

Dès ce jour même il doit l'introduire en ces lieux,
Madame; &, quel que foit fon deftin que j'ignore,
Je crois à des vertus que Ricomer honore.
Connoiffez ce Mortel, ce François généreux.
Son fang dans les combats a coulé fous mes yeux ;
Il a gardé les mœurs de ces Germains fi braves,
Opprimés quelquefois, vaincus, jamais efclaves.
Il guida ma jeuneffe, &, dans fon entretien,
J'appris que la Grandeur ne difpenfe de rien ;
Qu'affujettis fans ceffe à des foins néceffaires,
De leurs propres Sujets les Rois font tributaires,
Et, qu'affis fous le dais, armés de tous leurs droits,
Ils ont au-deffus d'eux le devoir & les loix.
Après avoir vieilli dans la Cour de mon pere,
Je le vis s'impofer un exil volontaire,
Adoré par le Peuple, eftimé par les Grands,
Et, pour dire encor plus, haï des Courtifans.
Aujourd'hui fe mêlant aux Chefs de ma Nobleffe ;
Pour me prêter ferment le premier il s'empreffe ;
De cette femme enfin il eft le Protecteur,
Et tout ce qu'il eftime a des droits fur mon cœur.

SCENE III.

MARGISTE, PEPIN, UN OFFICIER.

L'OFFICIER.

Le Peuple & tous les Grands, dans un accord augufte,
Viennent renouveller le ferment le plus jufte,
Seigneur ; & fur leurs pas s'avancent ces Guerriers
Qui, fecondant vos coups, ont part à vos lauriers.
Ils approchent....

PEPIN.

Mon cœur applaudit à leur zele.
(à Margifte.)
Qu'ils paroiffent. Allez : la Reine vous rappelle.

SCENE IV.

PEPIN, RICOMER, *les Chefs de la Nation.*

(*Les Comtes, les Barons, les Ducs & le Peuple fe
rangent autour de Pepin. Des Soldats portant des
trophées, forment une enceinte, occupent le fond &
rempliffent les deux côtés.*)

PEPIN.

C'est la premiere fois qu'ici dans leur éclat,
J'affemble mes appuis & les Chefs de l'Etat.

A venger vos affronts cette main occupée,
Depuis près de cinq ans n'a point posé l'épée;
Et ces jours plus fereins que ramene la paix,
Je les donne à mon Peuple, auteur de mes fuccès.
L'honneur de votre choix me tint lieu d'héritage;
L'amour de votre gloire enflamma mon courage;
Et peut-être mes foins, fur vous feuls réunis,
Eteindront vos regrets pour le fang de Clovis.
Rappellez-vous les maux où vous plongea fa race;
De vos fiers Oppreffeurs la criminelle audace;
La moleffe des Rois, les Maires tout puiffans,
La Nation livrée au caprice des Grands.
Eh! quels étoient alors vos malheureux Monarques?
Du pouvoir avili gardoient-ils quelques marques?
Refforts obéiffans dans la main des Sujets,
Leur titre ne fervoit que de voile aux forfaits.
Endormis dans la honte & dans la dépendance,
Ils laiffoient au hazard flotter leur imprudence,
Dans leur propre Palais vivoient abandonnés,
Où, fans avoir vécu, mouroient affaffinés.
    Dans ce flux & reflux, dans ces alternatives
De coupables langueurs ou de haines actives,
Mon ayeul, que la France apprit à refpecter,
Conçut un projet vafte & fut l'exécuter.
La Nation par lui, par fon nouveau fyftême,
S'éleva des débris de la Royauté même.
Tout va changer; il meurt, & d'un Peuple inconftant
La plaie encor faignante eft r'ouverte à l'inftant.

Au premier Factieux on se laisse conduire ;
En lambeaux tout sanglans , on divise l'Empire :
Ce grand corps succomboit , affoibli , déchiré ;
Martel vient , le releve , & tout est réparé.
Il réveilla dans vous cet instinct militaire ,
La gloire des François & leur vrai caractere.

   Compagnons de mon pere , élite de Héros ,
O vous qui combattiez sous ses nobles drapeaux ,
Découvrez votre sein , montrez la cicatrice
De ces coups , à ses yeux , reçus pour son service :
Son ombre n'attend point un éloge plus beau ,
Et ce tribut guerrier suffit à son tombeau. . . .
Martel fut Conquérant , il fit tête à l'orage ;
Je suis plus , je suis Roi , je ferai davantage.
J'ai déja réprimé ces hardis Novateurs ,
Vrais fléaux des Etats , & crus leurs Bienfaiteurs.
Je rends aux Tribunaux leur auguste exercice.
Enchaînons la Discorde aux pieds de la Justice ;
Renouvellons enfin ce concours respecté ,
Où la plainte est admise , & le Peuple écouté ;
Où les Loix peuvent tout , où le Souverain même
Dépose à leur Autel l'autorité suprême ,
Et se mêle aux Sujets qu'un Monarque charmé
Aime à voir près de lui , quand il en est aimé.

R I C O M E R.

Voyez des pleurs de joie , attendrissant hommage,
De tous ces vieux Guerriers inonder le visage.

Eh ! qui d'entr'eux n'éprouve un doux frémiſſement ?
De votre élection voici le vrai moment :
Vous regnez d'aujourd'hui ; votre grandeur ſacrée
Sous la garde des cœurs devient plus aſſurée.
Souffrez que le premier je donne à vos genoux
L'exemple du reſpect que nous vous jurons tous.

PÉPIN, (*le relevant*)

Intrépide Soldat, ami toujours fidele,
Puiſſent tous mes Sujets te prendre pour modele !
(*à l'un des Officiers.*)

Oſmon , vers Copronime allez porter la paix.
(*à un autre.*)

Vous, aux Lombards ſoumis annoncez mes projets.
(*à Ricomer.*)

Toi, reſte dans ces lieux, l'amitié t'y rappelle ;
Ma Garde déformais eſt commiſe à ton zele.
(*au Peuple.*)   (*à Ricomer.*)

Retirez-vous. . . . . Demeure.

SCENE V.

PEPIN, RICOMER.

PEPIN.

Avant la fin du jour,
Fais taire le murmure & les bruits de ma Cour.
Rien de toi n'eſt ſuſpeć aux regards de ton Maître;
Mais la Reine s'allarme, & demande à connoître
L'Etrangere qu'ici tu ſembles protéger;
Sur ſon rang qu'elle cache, il faut l'interroger.
Qui peut-elle être enfin?

RICOMER.

Moi-même je l'ignore.
Dans la nuit du myſtere elle ſe cache encore.
Dans un ſéjour d'effroi le ſort vint me l'offrir,
Errante, l'œil en pleurs, prête, hélas! à périr.
Ma pitié la ſauva, mes ſoins l'ont recueillie :
Mais alors, toute entiere à ſa mélancolie,
De ſon cruel deſtin renfermant les horreurs,
Elle ſembloit livrée à dé mornes terreurs.
S'augmentant par dégrés, un excès de foibleſſe
Vers la tombe entraînoit ſa mourante jeuneſſe :
Le trépas, diſoit-elle, étoit ſon ſeul recours;
Et d'inſtans en inſtans je tremblois pour ſes jours.

Après tant de périls, quand son cœur plus tranquille
Put connoître & goûter la paix de mon asyle,
Je voulus, mais en vain, pénétrer ses secrets ;
Mes vœux plus importuns étoient moins satisfaits.
Elle apprend qu'en ces lieux mon devoir me rappelle ;
Elle aspire à me suivre, & ma fille avec elle.
Sans doute, son desir, son unique dessein
Etoit de voir la Cour, de connoître Pepin.
Je consentis à tout ; bien sûr que l'infortune
A la Cour d'un Héros n'est jamais importune.
Voilà ce que je sais. . . .

P E P I N.

Tente un nouvel effort ;
Moi-même je desire être instruit de son sort.
Quel que soit le chagrin qui l'occupe & l'entraîne ;
Il faut s'en éclaircir, & contenter la Reine.
Je te laisse ce soin ; mais, sur-tout, souviens-toi
Qu'un soupçon n'entre point dans l'ame de ton Roi.

S C E N E V I.

R I C O M E R, (seul.)

A LA Cour de Pepin quelle allarme inouie
Fait redouter ma vue, & les pleurs d'Eumélie !

SCENE VII.

RICOMER, UN OFFICIER.

L'OFFICIER.

Un inconnu, chargé d'un secret important,
Demande près de vous qu'on l'admette à l'instant.
Le trouble est dans ses yeux; & sa douleur....

RICOMER.

Qu'il vienne.

Un inconnu, dit-il?...

(l'Officier fait signe à Cléonime; il entre, & l'Officier sort.)

SCENE VIII.

RICOMER, CLÉONIME;

RICOMER,

En ces lieux qui t'amene?

CLÉONIME.

Le remords. Vous voyez un traître, un assassin;
Qui cent fois d'un poignard eut déchiré son sein;

Sans le vœu concentré, sans l'efpoir qui l'anime
De percer le nuage épaiffi fur le crime.

RICOMER.

Quel crime ? Explique-toi.

CLÉONIME.

J'apporte un jour affreux.
Le Trône eft avili, Pepin eft malheureux.
Il s'eft vû le jouet d'un infâme artifice ;
Le monftre ici refpire , & je fuis fon Complice.

RICOMER.

Quel eft-il ?

CLÉONIME.

C'eft Margifte.

RICOMER.

Eh bien ! qu'a-t-elle fait ?

CLÉONIME.

Sa fille regne !...

RICOMER.

O Ciel !

CLÉONIME.

Et j'ai part au forfait.

RICOMER.

R I C O M E R.

Que viens-tu m'annoncer? ... Non: je ne puis le croire :
Le Ciel n'a point permis une trame si noire.

CLÉONIME, (*avec la plus grande véhémence.*)

Les momens me font chers; écoutez-moi , Seigneur;
L'horrible vérité va fortir de mon cœur.
Margifte , profitant des droits de fa famille ,
Auprès d'Adelaïde avoit placé fa fille ;
Alife étoit fon nom : les foins , le lieu , le temps ;
Le rapport des vertus , de l'âge & des penchans ,
Lierent dès l'enfance Alife & la Princeffe ,
Que féparoit le rang , mais fœurs par la tendreffe.
Non, jamais l'amitié , prodiguant fes douceurs ,
Par des nœuds auffi beaux n'avoit uni deux cœurs.
Des Rois les plus puiffans la politique avide
Brigue de toutes parts la main d'Adelaïde.
Mais jeune , triomphant , & d'honneurs entouré ,
Parmi tous fes Rivaux , Pepin eft préféré.
C'eft alors que fe trame au fond d'un cœur coupable
D'un échange inoui le complot exécrable.
Margifte feint, Seigneur , que fa fille n'eft plus.
Adelaïde éclate en regrets fuperflus ;
Et, déteftant l'himen , & le Trône & la vie ,
Redemande en pleurant fa malheureufe amie.
Margifte , par les foins d'un Complice trop fûr ,
L'avoit fait dépofer dans un afyle obfcur ,

B

Près des lieux où la Reine à fa Garde fidelle
Devoit voir fuccéder une efcorte nouvelle.
Le monftre ! avec quel art fon fcrupule affecté
Déroboit la Princeffe à notre avidité !
Dans les ombres d'un Cloître à deffein on l'arrête.
Le jour fatal fe leve, & la victime eft prête.
Elle part. J'étois jeune, ambitieux, ardent ;
Margifte avoit fur moi fenti fon afcendant.
A peine elle apperçoit la retraite ignorée
Où fa fille foupire & languit éplorée :
» L'éclat de tes deftins va dépendre de moi, »
Me dit-elle, » Ofe tout ; je pourrai tout pour toi.
» Un cortege importun à l'inftant fe retire.
» Toi feul tu me fuivras, toi feul peux me fuffire :
» Un grand projet m'occupe, il faut l'exécuter.
» Ton âge doit t'apprendre à ne rien redouter.
» Ma fille eft dans ces lieux, ma fille m'eft foumife,
» Il faut perdre la Reine & couronner Alife.
» Au milieu de la nuit, utile à mes deffeins,
» Je livre Adelaïde à tes fidelles mains.
» Tu traîneras fes pas vers ces vieux Maufoléés
» Où les clartés des Cieux en tout temps font voilées,
» Lieu terrible & fanglant qui, fecondant mes vœux,
» Semble cacher la mort dans fon fein ténébreux,
» Et qui, voué fans doute à des Dieux homicides,
» A cent fois enhardi le fer des Parricides.
» Puis, tirant un poignard : tiens, pourfuit elle, prends,
» Lui feul te diras tout. »

RICOMER, (*avec effroi.*)

Dieu! qu'eft-ce que j'entends?

CLÉONIME.

Plus foible qu'inhumain je tombai dans l'abyme :
Mais je n'ofai, Seigneur, que la moitié du crime.
Le bras déja lévé, j'abhorre mes fureurs,
Et jette le poignard arrofé de mes pleurs.
Incertain, égaré, frémiffant d'épouvante,
Je quitte malgré moi la victime expirante.
Le croircz-vous ? A peine ai-je fait quelques pas,
Je fens que dans mon fein je porte le trépas.
Je reconnois Margifte à mes douleurs foudaines,
A mon fang qui bientôt s'enflamma dans mes veines,
Que n'expirois-je alors ! De barbares fecours
Combattent le poifon & confervent mes jours.
L'innocence périt, & l'on fauve un Coupable !
Je venois révéler ce myftere effroyable.....
La difcoide régnoit ; les Saxons, les Lombards,
De la France contre eux tournoient les étendarts.
Un gros de vos Soldats m'attaque, m'environne,
Et d'épier leur marche à l'envi me foupçonne ;
Mon trouble encor m'accufe, & je fuis, fans pitié,
Plongé dans un cachot, où je fus oublié.
Dévoré d'une rage, hélas ! trop inutile,
Pendant près de cinq ans j'habitai cet afyle.
J'en fors après ce terme ; on me traine en ces lieux :

On prononce le nom d'un Mortel vertueux ;
C'eſt à lui que je cours. Délateur & victime,
J'apporte le flambeau qui dévoile mon crime.
Qu'on invente pour moi des ſupplices nouveaux ;
En perdant mes remords , j'échappe à mes Bourreaux.

R I C O M E R, (à part.)

Quel rapport effrayant dans le ſort d'Eumélie !
Margiſte. . . . il ſe pourroit. . . . & ſa rage impunie. . . .
(haut.)
Quoi ! ſur ces bords aucun de tes Concitoyens
N'a trahi le ſecret de ces affreux liens ?

C L É O N I M E.

Au fond du même aſyle , avec ſoin retirées ,
Aliſe & la Princeſſe étoient preſque ignorées.
La France les reçut ; & la guerre depuis
A ſéparé longtemps la France & mon Pays.

R I C O M E R.

Ton repentir t'honore ; on te rendra juſtice :
Mais je réponds de toi. Gardes , qu'on le ſaiſiſſe ;
Que l'on veille ſur lui.

C L É O N I M E.

       Terminez mon deſtin.

R I C O M E R.

Qu'il ſoit prêt à paroître aux ordres de Pepin.

SCENE IX.

RICOMER, (*seul.*)

Nous, cherchons Eumélie; il faut qu'elle m'éclaire.
Je desire, & je crains cette affreuse lumiere.
Ah! près d'elle en ce jour, après un tel secret,
Peut-être ai-je à remplir les devoirs d'un Sujet !

Fin du premier Acte.

ACTE II.

SCENE PREMIERE.

ADELAIDE, (*sous le nom d'Eumélie*) RICOMER.

EUMÉLIE, (*dans le plus grand trouble, à part.*)

Où fuis-je ? Et qu'ai-je vu ?

RICOMER.

D'où peut naître , Madame ;
Ce trouble inconcevable , élevé dans votre ame ?
A peine je vous vois introduite en ces lieux,
Sous un voile importun vous fuyez tous les yeux.

(*l'observant avec attention.*)

On ne m'a point trompé : ce désordre m'éclaire :
Vous-même trahissez ce que vous voulez taire.
J'en crois l'affreux récit qu'en ces lieux on m'a fait ;
Et mes pressentimens ont enfin leur effet.

EUMÉLIE.

Comment ?

RICOMER.

Vous n'êtes point ce que vous semblez être,

EUMÉLIE.

Que dites-vous ?

RICOMER.

Je fais quel fang vous a fait naître.
Je connois vos deftins ainfi que vos vertus.
Je fais quels nœuds facrés un forfait a rompus.
Oui ; mon œil vous pénetre , & mon ame éclaircie
Voit en vous une Reine , & non pas Eumélie.

EUMÉLIE, (avec le plus grand trouble.)

Qu'entends-je !... Je frémis. ... Non, ne le croyez pas :
Le nom de votre fille a pour moi trop d'appas.
Je le fuis ; je veux l'être. ... Eh ! fur quel faux indice ?
Dieu !

RICOMER.

C'eft trop prolonger un fi noble artifice :
Il faut me découvrir. ...

EUMÉLIE.

Eh ! quoi ?

RICOMER.

La vérité.

B iv

EUMÉLIE.

Que me demandez-vous ?

RICOMER.

Ce que j'ai mérité,
Vous balancez en vain. Eh ! qui vous intimide ?
Dites à Ricomer : Je fuis Adelaïde.

EUMÉLIE, (*éplorée, troublée, & après*
un long filence.)

Moi !...

RICOMER.

Vous l'êtes, cruelle; & moi votre Vengeur.

EUMÉLIE, (*tombant dans fes bras.*)

Eh! de qui tenez-vous ce fecret plein d'horreur ?
Qui peut ?...

RICOMER,

Votre Affaffin.... Il refpire & vous pleure,
Quoi! vous avez cinq ans habité ma demeure !
Pourquoi me laiffiez-vous ignorer votre fort ?

EUMÉLIE,

Tout m'affujettiffoit à cet horrible effort.
Longtemps foible, mourante, & craignant de m'inftruire,
A peine fur mes fens je repris quelque empire,

J'appris avec effroi que des troubles cruels
Me défendoient l'accès des Etats paternels.
Ne fachant d'où partoit ma premiere infortune,
Tout me devint fufpect; une idée importune
Me fit craindre les cœurs qui me font les plus chers,
Et dans mon abandon j'accufai l'Univers.
Je voulus l'oublier. Cependant on publie
Que la fille des Rois que chérit la Hongrie,
Partage avec Pepin le Trône des François.
Jugez, à ce récit, des mouvemens fecrets
Qui, malgré moi, Seigneur, s'élevoient dans mon ame!
Je ne concevois rien à cette horrible trame.
Tout-à-coup je formai le vœu de m'éclaircir,
Et, fans rien révéler, de tout approfondir.
Bientôt votre devoir en France vous rappelle.
Je ne fais quel efpoir, hélas! trop infidele,
Me dit que j'y pourrois trouver quelques clartés;
Rejoindre mes parens. L'inftant vient; vous partez.
Je vous fuis. . . . O douleur! ô mortelle furprife!
Quand je retrouve ici la malheureufe Alife;
Quand je vois, fur un Trône où s'affied le remord,
L'objet, le même objet dont j'ai pleuré la mort!
Je partage les maux de fon ame affligée.
Son rang fait fon fupplice; & je fuis trop vengée.
Le Ciel le veut, fuïons. . . .

RICOMER.

Vous, ma Reine, vous, fuir!

EUMÉLIE.

Je le dois.

RICOMER.

Vous plaignez celle qu'il faut punir !

EUMÉLIE.

Quoi !...

RICOMER.

Je combattrai seul le fort qui vous opprime.
Malgré le froid des ans, tout mon cœur se ranime.
Oui; mes derniers regards vous reverront monter
Au Trône que le crime a voulu vous ôter.
Vous êtes un dépôt que le Ciel me confie.
J'en dois compte à Pepin, sur-tout à la Patrie.
Margiste !... Pardonnez à mes justes fureurs;
Dans mes yeux, à ce nom, je sens tarir les pleurs.
Ce monstre a tout conduit.

EUMÉLIE.

Alise est innocente.
Sous un joug odieux sans cesse gémissante,
Elle a cédé sans doute au plus mortel effroi,
A frémi de sa mere, & n'a pleuré que moi.

RICOMER.

Elle pleure & se tait : son silence est un crime.

EUMÉLIE.

Le rompre en feroit un.

RICOMER.

O pitié magnanime !

EUMÉLIE.

Voulez-vous qu'aujourd'hui fa main, fa propre main
S'arme contre fa mere, & lui perce le fein ?
Ah ! la Nature parle & doit être écoutée.
Par vous-même en fecret Alife eft refpectée.
Et moi , je porterois, dans mes coupables vœux,
De tardives clartés fur ce myftere affreux !
Je mettrois fur mon front, ô comble d'infamie !
Un Diadême teint du fang de mon amie !
Je dédaigne mes droits , mes titres, mes honneurs,
S'il faut les racheter par de telles horreurs.
Otez-moi de ces lieux.

RICOMER.

Votre gloire & la mienne ,
Tout veut , dans ces momens , que je vous y retienne.

EUMÉLIE.

Ne l'efpérez jamais. Quel furcroit à mes maux !
Qui, moi ! remplir ces lieux de défaftres nouveaux !
Ah ! ne m'impofez plus cet effort impoffible.
Ce cœur eft courageux autant qu'il eft fenfible ;

Vous ne le vaincrez pas. J'aime mieux m'immoler ;
Et prévenir les pleurs que je verrois couler.
Oui, malgré vous, Seigneur, dans mes vœux affermie,
Je jure de remplir tous les foins d'une amie ;
Tous ces titres facrés, tous ces devoirs fi faints,
Appui de l'infortune & tréfor des Humains.
D'un rang trop envié je fuirai les allarmes,
Et mes jours moins brillans en auront plus de charmes,
Je dois à vos confeils, je dois à mes malheurs
La force qui m'éleve au-deffus des grandeurs ;
Et ce plaifir fi doux qui fuit la bienfaifance,
Vaut peut-être l'honneur de régner fur la France.
Ah ! ceffez de troubler mes efprits abattus,
Et laiffez-moi, mon pere, imiter vos vertus.

RICOMER.

Comment ! qu'exigez-vous ?

EUMÉLIE.

Un bienfait.

RICOMER.

Un outrage.

Margifte impunément voit triompher fa rage ;
Vous êtes méconnue ; Alife regne ; & moi,
Quand je dois vous fervir, je trahirois ma foi !
Non.

EUMÉLIE.

Quelque temps au moins fuspendez votre zele.
Je l'efpere & l'attends d'un ami fi fidele.
Me le promettez-vous ? Je le veux.

RICOMER.

J'obéïs ;
Mais, ce jour expiré, je n'ai plus rien promis.

EUMÉLIE.

J'entends du bruit. On vient. Ciel ! Alife s'avance !
Qui me l'eut dit qu'un jour je craindrois fa préfence !

SCENE II.

ALISE, (*fous le nom d'Adelaïde, arrive foutenue
par fes femmes.*)

ALISE, (*à fes femmes.*)

LAISSEZ-MOI.
(*Elles fortent.*)

SCENE III.

ALISE, (*feule.*)

J'ai befoin du calme de ces lieux.
Et le Trône & le jour importunent mes yeux.
Je regne, on me chérit ; je fuis époufe & mere,
Et ces titres fi doux comblent tous ma mifere....
Aucun ne me confole. O fort dont je frémis !
L'efpoir même, l'efpoir ne m'eft donc plus permis !
Un mot m'enleve tout ; un mot me deshonore !
Je rougis de moi-même, & je refpire encore !
Pardonne, cher époux : mon cœur trifte & contraint
Se révolte, s'accufe, & t'adore & te craint.
J'affemble dans ce cœur que l'infortune opprime,
Et l'amour des vertus, & les terreurs du crime.
Augmentez, s'il fe peut, mes fecrettes douleurs,
O de mes premiers ans fouvenirs enchanteurs !
Combien j'étois heureufe ! Ombre augufte & facrée,
Ombre toujours préfente à mon ame égarée !
Que nos jours étoient purs ! Que de charmes pour moi
Dans ces rapports touchans qui m'uniffoient à toi !
Quels épanchemens vrais, & quel égal empire
De deux cœurs vertueux qui pouvoient tout fe dire !
Tu n'es plus ! tu n'es plus ! & j'occupe ton rang !
Le Trône où je m'affieds eft le prix de ton fang !

Il a coulé pour moi! Dieu! que viens-je d'entendre!
Quels funebres accens! Quel cri lugubre & tendre!
Adelaïde, hélas! fenfible à mon effroi,
Viens-tu du fein des morts gémir autour de moi?
Ah! fi quelque regret nous refte après la vie,
Tu fens avec douleur combien je fuis punie.

SCENE IV.

ALISE, MARGISTE.

ALISE.

Ah! Madame, c'eft vous!...

MARGISTE.

Quel trouble!

ALISE.

Je me meurs:
Plus mon époux m'eft cher, plus je fens mes malheurs.
Ils feront éternels.

MARGISTE.

Que du moins ma préfence
Vous rende le repos!

ALISE.

Rendez-moi l'innocence.

MARGISTE.

Que te reproches-tu ? quel eſt donc ton projet ?
A l'épreuve du temps il n'eſt point de regret.
Quand je te confiai mes trames ténébreuſes,
Rappelle-toi tes cris, tes plaintes douloureuſes,
Tes larmes, tes fureurs, & ce barbare effort
Tenté devant mes yeux pour te donner la mort.
Voilà comme à mes loix tu t'es aſſujettie.
Reſpecter la Nature, avoir ſoin de ma vie,
Et cacher dans mon ſein ton front humilié,
Voilà ton ſeul forfait. . . . . tes pleurs l'ont expié.

ALISE.

Il ne peut l'être ; non : l'exiſtence m'accable.
Je ſuis vile à mes yeux, malheureuſe & coupable ;
Madame ; je le ſuis & pour vous & par vous,
Et vous me conſolez ! . . .

MARGISTE, (obſervant de tous côtés.)

Renfermez ce courroux.

ALISE.

Je recule d'effroi ; je pâlis, quand ma vue
Se fixe ſur l'abîme où je ſuis deſcendue.
Moi, moi, qui baiſſe un front de deuil enveloppé,
Je brille malgré moi dans un rang uſurpé.
Des regards importuns m'aſſiégent à toute heure.
Ce n'eſt, vous le ſavez, qu'en tremblant que je pleure.

Je

Je n'ose m'enfoncer au sein de mes ennuis.
Il me faut un désert ; c'est un Trône où je suis !
De mes enfans un jour quels seront les refuges ?
Les Rois ont des Flatteurs , ils n'auront que des Juges.
Voilà ce que m'annonce un Trône que je hais :
Voilà quels sont les fruits de vos affreux bienfaits.

M A R G I S T E.

Accuse donc les Cieux qui m'ont seuls engagée
Dans ces piéges couverts où ma main t'a plongée.
Des augures secrets formés depuis longtemps
Revinrent m'agiter sous des traits plus frappans. . . .
J'interrogeai mon cœur , & je crus au présage ;
A l'amour maternel j'ai dû tout mon courage :
Les supplices , la mort , j'osai tout affronter ;
Et ce cœur , qui peut tout , n'a rien à redouter.

A L I S E.

J'abjure cette audace , & cet orgueil rebelle.

M A R G I S T E.

O fureur ! Que veux-tu ? Que prétends-tu ; cruelle ?

A L I S E.

Le sais-je ? Répondez. Que vais-je devenir ?
Quel calme dans ces lieux puis-je enfin obtenir ?

C

Victime d'une ardeur à regret renfermée ,
Envain j'aime un Héros , envain j'en fuis aimée ;
Je ne puis échapper à ce trouble vengeur
Qu'un reproche éternel entretient dans mon cœur.
Près de moi tout eſt morne & nourrit mes allarmes.
Levé-je vers le Ciel mes yeux chargés de larmes ,
J'y trouve un Juge armé prêt à m'anéantir.
La terre n'eſt qu'un gouffre ouvert pour m'engloutir.
Ces murs ſemblent m'offrir l'opprobre que j'évite.
Juſques ſous ces lambris je vois ma perte écrite.
Miſérable ! mes jours , mes heures , mes momens
Appartiennent au crime , aux remords , aux tourmens.
Infructueux pour moi , le repentir lui-même
Ne peut me rendre encore à la vertu que j'aime.
C'en eſt fait : je renonce à ces lieux abhorrés ,
A tout. . . . Conduiſez-moi vers des bords ignorés ,
Où fuyant les grandeurs , me croyant ſeule au monde ,
Je puiſſe me remplir de ma douleur profonde ,
Demander , obtenir le trépas qui m'eſt dû ,
Et mourir , en pleurant le cœur que j'ai perdu.

MARGISTE.

Non , tu ne mourras point ; je te ſuis encor chere.
Non , tu ne voudras point t'arracher à ta mere.
Reprends , reprends enfin quelque tranquillité.
Crains-tu pour mon ſecret ? Il eſt en ſureté.
Mere d'Adelaïde , oui ; la ſeule Argénice ,
Dans l'Univers entier peut trahir l'artifice ,

Ma fille , d'un complot pour toi feule entrepris
Laiffe-moi les tourmens , pour en cueillir les fruits.
Margifte , à tes genoux, t'implore pour toi-même.
Quoi ! me hais-tu ?

A L I S E.

Je vis : jugez fi je vous aime !

On entre. . . . .

M A R G I S T E.

C'eft Pepin. Cache-lui ton effroi.

A L I S E.

L'abyme à chaque inftant s'approfondit pour moi.

S C E N E V.

PEPIN, ALISE, MARGISTE. Gardes.

P E P I N.

Séchez enfin vos pleurs , & reprenez, Madame ,
Un calme fi longtemps ignoré de votre ame.
Vous allez refpirer ; mes vœux ont réuffi.
Vous pourrez vous fier au cœur que j'ai choifi,
Y verfer librement le chagrin qui nous preffe,
Sans que vos entretiens affligent ma tendreffe.

C ij

Votre mere en ces lieux finira votre ennui.
Vous allez, par mes foins, l'embraſſer aujourd'hui.

ALISE.

Argénice!...

MARGISTE.

Eſt-il vrai?

PEPIN.

Quelle horreur imprévue!
Ciel! la Reine interdite, & Margiſte éperdue!

ALISE.

Daignez permettre....

PEPIN.

Eh bien!

ALISE.

(à Margiſte.)
Seigneur!... Entraînez-moi.

SCENE VI.

PEPIN, (*feul.*)

Qu'Éprouvé-je à mon tour! & qu'eſt-ce que je voi?
A ce funeſte accueil aurois-je dû m'attendre?
Quand j'annonce une mere, on frémit de m'entendre!
Par un ſecret effroi je me ſens conſterner;
Et ce cœur, qui craint tout, ne peut rien ſoupçonner.

(*à l'un de ſes Gardes.*)

Qu'on cherche Ricomer.... Non.... Que puis-je lui dire?
Qu'ai-je à lui révéler? De quoi peut-il m'inſtruire?
Les cœurs les moins ſuſpects trahiroient-ils mes vœux?
Suffit-il de régner pour ceſſer d'être heureux?
Dans ma Cour aujourd'hui tout me ſemble perfide;
Je redoute Margiſte & même Adelaïde.
Sans pouvoir l'accuſer, un ſentiment confus
Me la fait craindre, hélas! quand je l'aime encor plus...
Moi! craindre mon épouſe! une épouſe chérie,
Qui, même en la troublant, charmoit encor ma vie!
Soupçons d'un cœur trompé, fuïez-en pour jamais!
Non....

SCENE VII.

UN OFFICIER, PEPIN.

L'OFFICIER.

Argénice arrive; elle eſt dans le Palais.

PEPIN.

Je cours la recevoir. . . . Ah! je jouis d'avance
Du changement que doit apporter ſa préſence.
Par des ſoins maternels elle ſaura calmer
Un cœur ſenſible & pur que le ſien doit aimer.

Fin du ſecond Acte.

ACTE III.

SCENE PREMIERE.

ARGÉNICE, (*précédée d'une Garde, & accompagnée de ses femmes.*)

Je volois dans ses bras, l'ingrate s'en retire,
Echappe à mon amour, me repousse & soupire !
Quelle ombre l'environne & m'a caché ses traits !
Elle se déroboit à mes yeux inquiets.
Son œil épouvanté craint & fuit la lumiere.....
Malheureuse ! elle fuit jusqu'aux yeux de sa mere.
Il est vrai, quelques pleurs dans mon sein ont coulé.
Quels pleurs ! en l'approchant, moi-même j'ai tremblé.
Margiste, par mon ordre, en ces lieux va se rendre.
Je veux l'interroger. Hélas ! que vais-je apprendre ?
D'où vient que chez ma fille elle n'a point paru ?
Tout me devient suspect.... ici.... L'aurois-je cru ?
Dans le trouble mortel dont mon ame est saisie,
Je hais l'incertitude & crains d'être éclaircie.

SCENE II.

MARGISTE, (*dans le fond du Théâtre.*) ARGÉNICE.

ARGÉNICE.

MARGISTE, approchez-vous. Dès ses plus jeunes ans,
Ma fille s'élevoit sous vos yeux vigilans :
Dans l'asyle où je tins son enfance enfermée,
Au gré de mes desirs vos soins l'avoient formée.
J'en fus contente alors. J'ai dû, plus d'une fois,
Témoin de votre zele, applaudir à mon choix.
Mais depuis que l'himen l'éloigna de sa mere,
Elle meurt d'un chagrin qu'elle s'obstine à taire.
Sa confiance en vous, ce pouvoir si connu,
Que sur ses moindres vœux vous aviez obtenu,
Vous ont acquis le droit de lire dans son ame ;
Et c'est ce même droit qu'aujourd'hui je réclame.
D'où naissent les langueurs qui semblent l'accabler ?
A ce cœur qui craint tout, il faut tout révéler.

MARGISTE.

Ce que je fais, Madame, est connu de vous-même.
Loin d'un pere & de vous sa douleur fut extrême.
A son accablement se mêla le chagrin
De voir naître la guerre entre vous & Pepin.
Le reste m'est caché.

ARGÉNICE.

Cette guerre est finie,
Et sa tristesse enfin doit être évanouie.
Il est d'autres motifs que vous n'expliquez pas,
J'en juge par ce trouble & par cet embarras,
Je veux. . . .

MARGISTE.

Je balançois, mais puisqu'on me l'ordonne,
Je vais donc avouer ce que mon cœur soupçonne,
Une jeune Etrangere a paru dans ces lieux,
Et de Pepin, dit-on, elle a déja les vœux.
Ricomer la présente; & sa vue importune
De la Reine, sans doute, a comblé l'infortune.
On parle d'un divorce. . . .

ARGÉNICE.

Ai-je bien entendu ?
Notre orgueil à ce point se verroit confondu ?
A ma fille, à moi-même, on feroit cette injure ?

MARGISTE.

La Reine le redoute, & la Cour en murmure.
Ricomer conduit tout.

ARGÉNICE.

Et quel est ce mortel ?

MARGISTE.

Elevé dans les camps , il fervit fous Martel,
D'une vertu rigide affectant l'apparence ,
Il gouverne Pepin dont il guida l'enfance ,
Pour garder fa faveur rejette fes préfens ,
Et vient ici vieillir dans l'art des Courtifans.

ARGÉNICE.

Si ma fille le craint, qu'il s'éloigne , qu'il parte;
Que fon ordre aujourd'hui le puniffe ou l'écarte.

MARGISTE.

Je l'ai fait avertir; je l'attends en ces lieux.

ARGÉNICE.

Pénétrez dans la nuit d'un complot odieux.
Moi , je cours vers Pepin; il faudra qu'il m'éclaire,
Je faurai de fon ame arracher ce myftere ;
Et s'il perfifte encore à vouloir m'outrager,
J'ai mon rang à la fois & ma fille à venger.

(*Elle fort.*)

SCENE III.

MARGISTE (*seule.*)

Mes pas font entraînés d'abîmes en abîmes.
Faut-il me voir ravir tout le fruit de mes crimes?
Ma fille.... Ah! ce nom seul raffermira mon cœur.
On vient. O Ciel! Feignons, & cachons ma terreur.

SCENE IV.

MARGISTE, RICOMER.

RICOMER.

Vous voulez me parler par l'ordre de la Reine.

MARGISTE.

Répondez. Sans détour il est temps qu'on m'apprenne
Quelle est cette inconnue amenée en ces lieux,
Son état, ses malheurs, ses desseins & ses vœux.
Pepin même en conçoit de trop justes allarmes.
Le voile qui la couvre & qui cache ses larmes
A nos yeux plus longtemps ne peut la dérober.

RICOMER.

Avant la fin du jour le voile va tomber.

MARGISTE.

'A l'inftant : il le faut. Cette obfcure réponfe
Ne fauroit fatisfaire à l'ordre que j'annonce.
De ce fombre dehors qui ne peut me tromper,
Votre embarras envain cherche-à-s'envelopper.
Cette femme, en un mot, quelle êft-elle ?

RICOMER.

Elle eft Reine ;
D'une longue infortune elle refpire à peine ;
Ses titres, malgré toi, ne font que trop certains ;
Tu connois fes malheurs, tu fauras fes deffeins.

MARGISTE.

(à part.)
Chaque mot qu'il me dit me confond & me glace.
(haut.)
De quel droit, en ces lieux, montres-tu tant d'audace ?

RICOMER.

De quel droit, en ces lieux, viens-tu m'interroger,
Toi, que dans le néant un cœup d'œil peut plonger ?
De quel front foutiens-tu le regard redoutable
D'un mortel vertueux, effroi d'un cœur coupable ?
Baiffe les yeux, rougis ; c'eft ton premier tourment.
Vas, le crime jamais n'échappe au châtiment.
La célefte vengeance eft tardive, mais fure ;
Frémis, elle t'attend, & venge la Nature.

MARGISTE.

Tremble & frémis toi-même ! Oui, je veux que ton sang
Lave aujourd'hui l'affront que l'on fait à mon rang.
Lâche & perfide auteur d'une trame couverte,
Je te laisse, & je cours....

RICOMER.

Fuis, & cours à ta perte.

SCENE V.

MARGISTE, PEPIN, RICOMER. Gardes.

PEPIN.

Qu'on l'arrête à l'instant.... Margiste....

MARGISTE.

A ce courroux,
Pepin, de Ricomer je reconnois les coups.
Il insulte dans moi, surprenant ta justice,
Le choix d'Adelaïde & le choix d'Argénice.
Il ne m'ôtera point leur respectable appui.
Voudrez-vous n'écouter & ne croire que lui ?
Je démens des discours qui noircissent mon zele.

PEPIN.

L'Etranger est ici ; qu'il vienne ; qu'on l'appelle.

MARGISTE.

Ne puis-je me défendre ?

PEPIN.

Epargne-toi ce soin.

SCENE VI.

MARGISTE, PEPIN, CLÉONIME, RICOMER.

PEPIN, (à Margiste.)

TIENS, démens donc auffi l'afpect de ce témoin.

MARGISTE.

Que vois-je ?

PEPIN.

Tu pâlis ; te voilà confondue.

MARGISTE, (à part.)

Cléonime eft vivant !... Ah ! ma fille eft perdue !
Ciel !

CLÉONIME.

Le reconnois-tu ce coupable mortel,
Ce jeune ambitieux que tu fis criminel ?

La vérité par moi fort enfin de l'abîme ;
Le Ciel pour te punir a fauvé ta victime.
Tremble ; je vis encor , & c'eft pour m'immoler
Sur le même échafaud où ton fang va couler.
Délivrez-vous , Seigneur , de notre afpect horrible ;
Votre courroux eft jufte , il doit être inflexible.
Par le crime fouillés , mes jours me font affreux.

PEPIN.

Qui fait fe repentir eft encor vertueux.
(à fa Garde.)
Qu'on l'épargne. . . . Sortez.

SCENE VII.

MARGISTE, PEPIN, RICOMER.

MARGISTE.

FRAPPE. . . . Eh bien ! qui t'arrête ?
Appelle tes bourreaux , Pepin , me voilà prête.
Sur ta mourante époufe égorge tes enfans ;
Qu'on m'uniffe fanglante à leurs corps expirans ;
Et, fi tu peux alors , chéris , malheureux pere ,
Un jour qui te confterne au moment qu'il t'éclaire.
Je ne dis plus qu'un mot : moi feule j'ai tout fait.
Depuis cinq ans ma fille a pleuré mon forfait.

Songe avant d'ordonner fa mort & mon fupplice ;
Qu'Alife eft ma victime & non pas ma complice.

(*La nuit commence.*)

SCENE VIII.

PEPIN, RICOMER.

PEPIN.

A PEINE j'aurois cru ton horrible récit :
Quelle ombre m'entouroit, & quel jour m'éclaircit !

RICOMER.

Ecartez loin de vous cette image importune.
Pepin oppofera la force à l'infortune.

PEPIN.

Tes confeils, je le fens, font ici fuperflus.
Vas, lorfque l'ame eft forte, elle fouffre encor plus.
Comment à tant de coups veux-tu que je réfifte ?

RICOMER.

De quel œil voyez-vous la fille de Margifte ?

PEPIN, (*cherchant envain à retenir fes larmes.*)

Regarde : prends pitié du défordre où je fuis.

Tu

Tu vois mon défespoir & mes profonds ennuis;
Alife.... Je fais trop ce qu'exige ton zele ;
Mais je fens que l'amour parle toujours pour elle.

R I C O M E R, (à part.)

D'Adelaïde encor cachons-lui le deftin.

P E P I N.

O mon cher Ricomer ! conçois-tu fon chagrin ?
Sa douleur, autrefois le tourment de ma vie,
Eft, dans ce jour fatal, ce qui la juftifie.
Mon cœur à fes foupirs ne fera point fermé ;
Je ne punirai pas ce que j'ai tant aimé.

R I C O M E R.

Je ne viens point ici confeiller la vengeance :
Ecoutez, écoutez la voix de la clémence.
Périffent à jamais les Sujets inhumains
Qui veulent l'étouffer au cœur des Souverains !
Loin de vouloir punir en Tyran inflexible,
Agiffez en Roi jufte autant qu'il eft fenfible ;
Vous aimez votre époufe, il faut lui pardonner ;
Mais, fille de Margifte, elle ne peut régner.

P E P I N, (avec une mélancolie profonde.)

Ainfi, dans les chagrins dont l'horreur m'environne,
Seul & privé de tout, je n'aurai plus qu'un Trône.

D

Je vois un vuide affreux se former sous mes pas ;
Et le titre de Roi ne le remplira pas.
Tu m'as connu sensible , & mon ame incertaine
N'a pas un sentiment qui n'ajoute à sa peine.
Dans quel sein , désormais , vais-je me reposer ?
Je chéris tous mes nœuds ; il faut tous les briser.

RICOMER.

Pepin, il faut régner ; il faut plaire à la France.
Le Maître qu'elle adore est dans sa dépendance.
Je gémis sur vos maux ; mais représentez-vous
Celle de qui les Cieux vous ont nommé l'époux ;
Transportez-vous, Seigneur , dans ce lieu formidable ;
Où seule , abandonnée ainsi qu'une coupable ,
Adelaïde, en proie aux fureurs du destin ,
Palpita loin de vous sous un fer assassin :
Voyez son sang. . . .

PEPIN.

Arrête : oui , cette barbarie
Sera toujours présente à mon ame attendrie. . . .
Mais Alise est à moi. De mes premiers sermens,
J'ai les Autels, la Terre & les Cieux pour garans.
Mon cœur lui fut soumis , ma foi lui fut donnée ;
Par des gages sacrés mon ame est enchaînée ;
Elle a sur mon amour , sur moi , sur mes destins
Le plus juste ascendant , & les droits les plus saints ;
Tout, jusqu'à ses remords , a nourri ma tendresse ;

Sa beauté m'enivroit, son malheur m'intéresse.
Pour lui ravir mon cœur, il faut le déchirer,
Et je mourrai plutôt que de m'en séparer.
Sa faute, je le sais, doit la bannir du Trône;
Mais j'aime la Coupable, & son Roi lui pardonne.
Vois, vois mes pleurs couler, je ne les cache pas;
Tout la fuit, tout l'accable, & je lui tends les bras.

SCENE IX.

UN OFFICIER, PEPIN, RICOMER.

PEPIN.

Qui porte ici ses pas, & que vient-on me dire?

L'OFFICIER.

Margiste....

PEPIN.

Eh bien! Margiste.... Hâtez-vous de m'instruire,
Parlez.

L'OFFICIER.

Vers sa prison vos Gardes la traînoient;
D'aucun dessein farouche ils ne la soupçonnoient.
Le front audacieux, le regard immobile,
Elle marchoit : son cœur sembloit ferme & tranquile.

Mais à peine elle voit le réduit ténébreux
Où l'alloient retenir vos ordres rigoureux ;
Dans fes regards troublés la fureur étincelle ;
De fers on veut envain charger fa main rebelle ;
Elle arrache le glaive à l'un de vos Soldats ,
Et , s'en ouvrant le flanc , vient tomber dans nos bras
Soudain près d'Argénice elle s'eft fait conduire.

PEPIN.

Comment ? à quel deffein ? quelle rage l'infpire ?
(à Ricomer.)

Elle ofera peut-être , avant que d'expirer ,
Lui découvrir fon crime , & lui tout déclarer.
Il fuffit.... Laiffez-moi.

SCENE X.

PEPIN, RICOMER.

PEPIN.

Déja la nuit s'avance :
Hélas ! que de foupirs vont troubler fon filence !
Dans ces triftes moments , viens , Ricomer , fuis moi,
Ton fort eft de défendre ou confoler ton Roi.

Fin du troifieme Acte.

ACTE IV.

(*Le Théâtre eft dans la nuit.*)

SCENE PREMIERE.
PEPIN.

Redouble encor ton ombre & cache ma foibleſſe,
O nuit ; ton voile épais convient à ma triſteſſe.
Quelle ſuite de maux contre moi déchaînés !
Vous, qu'on veut me ravir, enfans infortunés,
Que déja mon amour voyoit en eſpérance,
Hériter de mon nom, ſoutenir ma puiſſance,
Prévoyant les malheurs que vous ne ſentez pas,
Je n'ai pu, ſans frémir, vous ſerrer dans mes bras.
Mon ame accoutumée aux tendreſſes de pere,
Dans cet embraſſement s'épanchoit toute entiere.
Effrayés par mes pleurs devant vous répandus,
Il ſemble qu'aujourd'hui vous m'aimiez encor plus.
Quoi ! vous que j'élevois pour monter à ma place,
Vous cacheriez vos fronts flétris par la diſgrace !
Le ſort.... Non : je ſuis pere, avant que d'être Roi.
Mes larmes ont coulé, c'eſt vous ſeul que je vois.
Le ſentiment me parle, il ſera votre Juge.

Dans le fond de mon cœur vous avez un refuge ;
Les traits de votre mere y font toujours gravés,
Et fes droits, ô mes fils, lui feront confervés.
Mêlez vos cris plaintifs ; que l'amour les oppofe
Aux rigueurs qu'on me dicte & que la loi m'impofe.
Venez. . . . Que prétends-tu ? quoi ! les fruits d'une erreur,
L'opprobre de ton Trône adoptés par ton cœur !
Le murmure du fang ébranle ta juftice ,
Quand la raifon d'Etat prefcrit leur facrifice !
Eft-ce ainfi que tes fens doivent être affermis ?
Sont-ce là les efforts que ta bouche a promis ?
Eh bien ! endurciffez cette ame paternelle,
Art odieux des Rois, politique cruelle ,
Enlevez-moi mes fils. . . . éloignez-les fur-tout :
S'ils paroiffent, leur pere à rien ne fe réfout ;
Et, fourd aux vains confeils que fa tendreffe abjure,
S'applaudit d'être foible, en fuivant la Nature.

SCENE II.

PEPIN, RICOMER.

PEPIN.

Ricomer m'abandonne en cette extrémité !
J'ai befoin d'un foutien, pourquoi m'as-tu quitté ?
Viens, viens m'aider à vaincre ; un inftant peut m'abattre.

RICOMER.

Jamais. Eh! qu'est-ce donc qui vous reste à combattre ?

PEPIN.

Tout.

RICOMER.

Qu'entends-je ?... Mais non , le grand cœur de mon Roi
N'a qu'a se consulter pour triompher de soi.
Nourri dans l'héroïsme , il en a la noblesse ,
Et ne se permet pas une indigne foiblesse ;
Votre gloire elle-même est un lien puissant ;
Et l'éclat du passé me répond du présent.

PEPIN.

Ote-moi donc ce cœur qu'une épouse réclame ,
Qui chérit ses Sujets, mais que l'Amour enflamme;
Qui, par de si beaux feux se laissant consumer ,
S'attache fortement à ce qu'il doit aimer ?
Ote-moi donc ce cœur qui s'indigne & me crie :
» Que t'ont fait tes enfans ? & quelle est ta furie ? «

RICOMER.

Ils sont les fruits d'un nœud réprouvé par la loi ;
Sa rigueur les proscrit.

PEPIN.

En sont-ils moins à moi ?

D iv

RICOMER.

La France les rejette, & fa voix doit fuffire ;
Elle vous dit par moi : font-ils faits pour l'Empire ?
Non. L'opprobre du Trône, après un tel éclat,
Ne doit point fe répandre, & tomber fur l'Etat.
Le défordre des temps, l'imprudence des Maires,
Votre art à profiter de ce qu'ont fait vos peres,
Ont tranfporté le fceptre en votre heureufe main ;
Vous régnez, en un mot : mais fongez-y, Pepin,
Il eft un vœu fecret, & pourtant unanime,
Que ne peut ignorer votre cœur magnanime ;
C'eft que vous garderez à ce haut rang monté,
La force & les vertus qui vous l'ont mérité.
Deftructeur des Clovis, de leur antique race,
Vous devez en former une qui les efface.
Trompés dans cet efpoir, que diroient vos Sujets,
S'ils vous voyoient, armés de leurs propres bienfaits,
Souffrir, perpétuer, tranfmettre d'âge en âge
La tache d'un fang vil, dont l'afpect les outrage,
Indigne pour jamais de prétendre à leur choix,
De fe mêler au vôtre, & d'enfanter nos Rois ?

PEPIN.

Où fuis-je ? Infortuné !... je ne veux plus t'entendre ;
Non,... ils me font trop chers pour ne pas les défendre.

R I C O M E R.

Aimez-les : mais, Seigneur, brifant de triftes nœuds,
Ecartez-les d'un rang qui n'eft pas fait pour eux.
Oui, ce pénible effort dont votre cœur s'étonne,
L'amitié le confeille, & l'Etat vous l'ordonne.

P E P I N.

Vas, de l'Etat envain tu m'allégues les droits ;
L'ame, l'ame d'un pere eft au-deffus des loix.

R I C O M E R.

Eh bien ! foulez aux pieds tous les devoirs du Trône ;
Sur votre front vous-même ébranlez la Couronne ;
Autorifez les cris bientôt plus éclatans ;
D'un motif de révolte armez les mécontens.
A peine délivré d'une guerre fanglante,
Déchaînez de vos mains la difcorde infolente.
Mais, lorfque dans le choc des divers intérêts,
Vous verrez contre vous s'élever vos Sujets ;
Lorfque l'ambition, prompte à tout entreprendre,
Fera fortir encor les Clovis de leur cendre,
Souvenez-vous alors du mortel courageux
Qui vous fit entrevoir ces retours orageux ;
Vous dit la vérité, vous montra la juftice,
Sans daigner les farder par un vil artifice ;
Vous plaignit, vous retint tout prêt de fuccomber ;
Et vous marqua l'écueil où vous alliez tomber.

PEPIN, (*dans le plus grand défordre.*)

Il faut donc. .... Je ne puis. ....

RICOMER, (*s'approchant de lui.*)

C'eft Pepin qui balance ?

PEPIN, (*à part.*)

Eft-ce la voix d'un Dieu ?

RICOMER.

C'eft celle de la France ;
C'eft celle de l'honneur.

PEPIN.

Pourfuis , cruel , pourfuis,
Tu m'arraches le cœur.

RICOMER.

Prononcez.

PEPIN.

Je frémis. ...
Et c'eft un pere encor que je trouve inflexible !

RICOMER.

Ah ! ce titre eft bien cher à mon ame fenfible ;
De l'homme infortuné c'eft le plus doux lien,

Je suis pere, il est vrai, mais je suis Citoyen.
Vous le serez vous-même.

PEPIN, (*après un long silence.*)

          Oui, ta vertu m'enflamme ;
Ton farouche héroïsme a passé dans mon ame.

RICOMER.

Dans ses devoirs enfin mon Maître est affermi.

PEPIN, (*se cachant dans le sein de Ricomer.*)

Je le jure ... en pleurant dans le sein d'un ami.

RICOMER.

Je reçois le serment.

PEPIN.

          Dieu ! ... tout mon cœur se brise.
Malheureux ! ... c'en est fait. ... Alise, chere Alise !
O sacrifice affreux ! ô mes fils ! ô mon sang ! ...
Mais le bonheur n'est point dans le suprême rang.
Mes regards vous suivront dans votre humble carriere ;
Vous n'échapperez pas aux soins de votre pere.
Instruits par le malheur, sans en être abattus,
Un jour, un jour peut-être aurez-vous des vertus.
J'accepte avec transport un si noble présage ;
Trahis par le destin, vous serez votre ouvrage.
Que j'aurai de plaisir à compter vos exploits !
Devenez des Héros, vous serez plus que Rois.

RICOMER.

Une belle action est son prix elle-même ;
Vous en avez joui. Mais le Ciel qui vous aime
Vous en réserve un autre.

PEPIN.

                Ah ! tout espoir me fuit.
Je n'en ai plus.

RICOMER.

Seigneur, Adelaïde vit.
(*Il fait signe à un Garde.*)

PEPIN.

Elle !

RICOMER.

Dans ce Palais vous l'allez voir paroître.
A sa mere expirante elle s'est fait connoître.
Apprenant que Margiste avoit tout révélé,
Et confirmé sa mort, soudain elle a volé,
Pour rassurer le cœur d'une mere éperdue,
Qui mouroit de douleur, qui renaît a sa vue.
Toutes deux à l'instant vont vous chercher ici.
Concevez leurs transports. . . . On entre. . . . Les voici.

S C E N E   I I I.

ADELAIDE , ARGÉNICE , PEPIN , RICOMER.

A R G É N I C E.

MA fille... elle refpire ! & , dans mon trouble extrême,
A vos regards , Seigneur , je viens l'offrir moi-même.

P E P I N.

Se peut-il ? Eft-il vrai , Madame ? Ah ! pardonnez.

A R G É N I C E.

Le Ciel fauva des jours qu'il vous a deftinés.

P E P I N.

Par quels foins. . . .

A D E L A I D E.

   Connoiffez l'appui d'Adelaïde ,
Son protecteur unique , & fon pere & fon guide ;
Ce mortel qui m'a fait chérir l'adverfité ,
Cet ami de Pepin & de l'humanité.
Le Ciel qui fi longtemps m'a contrainte au filence ,
Dans l'aveu du bienfait a mis ma récompenfe.

A R G É N I C E.

Quel prix ? . . .

RICOMER, (à *Argénice.*)

N'achevez pas ; il ne me manque rien!
Goûtez votre bonheur , & laiffez-moi le mien.

PEPIN.

Dans quel horrible jour faut-il que je vous voie !
Et combien d'amertume empoifonne ma joie !
Que d'orages fecrets !...

ADELAIDE, (*avec vivacité.*)

Ils vont être calmés. ...
Je viens vous rendre ici tout ce que vous aimés ;
Faire parler mes pleurs pour une infortunée ,
Qui ne fut point coupable & n'eft pas condamnée.
L'appareil des Autels a fcellé vos fermens ,
Le Ciel les a reçus , & moi je les défends ;
Je le veux , je le dois : vos chaînes vous font cheres ,
Et mes titres font vains dès qu'ils vous font contraires.
Près de vous , con're moi je réclame en ce jour
La force d'un himen , affermi par l'amour.

ARGÉNICE.

Je reconnois ma fille à ce tranfport fublime ;
Il eft digne de vous , du fang qui vous anime ,
Mais de tant de grandeur mon amour orgueilleux ,
Même en vous admirant, doit traverfer vos vœux.

Il faut, il faut monter, pour ma gloire & la vôtre,
A ce rang légitime ufurpé par une autre.
Vos titres font facrés, mon cœur les défendra;
Et c'eft en vous vengeant que Pepin répondra.

(*à Pepin.*)

Quels font les fentimens que ce filence annonce ?

PEPIN.

L'honneur parle, il fuffit; vous favez ma réponfe.

SCENE IV.

ADELAIDE, ARGÉNICE, ORPHISE, PEPIN,
RICOMER.

ORPHISE.

Madame...

ARGÉNICE.

Que veut-on ?

ORPHISE.

La Reine...

ADELAIDE.

Alife !...

ARGÉNICE.

Eh bien?

ORPHISE.

Vous demande en secret un moment d'entretien.

ADELAIDE, (*avec transport.*)

(*à Argénice.*)

Alise ! qu'elle vienne ! Eloignons tout reproche.

PEPIN, (*à Adelaïde.*)

Ah ! laissez-moi, Madame, éviter son approche.

ADELAIDE.

Songez qu'elle a pour elle, & vos vœux & les miens.

PEPIN.

Je songe à vos malheurs, sans oublier les siens.
Souffrez un sentiment qu'envain je voudrois taire.
Il m'échappe ; il est juste, il ne peut vous déplaire ;
Et ce cœur toujours vrai, dans ces affreux momens,
Devoit à vos vertus l'aveu de ses tourmens.

SCENE

SCENE V.

ADÉLAIDE, ARGÉNICE, ORPHISE.

ADELAIDE, (à *Argénice.*)

MADAME, il faut la voir.

ARGÉNICE.

Que veut-elle me dire ?

(*à Orphise.*)

J'attends la Reine : allez , vous pouvez l'introduire.

SCENE VI.

ADELAIDE, ARGÉNICE.

ARGÉNICE.

FUÏEZ cet entretien , il sera trop affreux.

ADELAIDE.

Si j'osois....

ARGÉNICE.

Laissez-moi.

ADELAIDE.

Je ne puis.

E

ARGÉNICE, (*avec tendreſſe.*)

Je le veux.

ADELAÏDE.

Elle fut mon amie ; elle eſt infortunée ;
Mon ame vers la ſienne eſt toujours entraînée.
Dans ſes triſtes diſcours ſurprendre un repentir,
M'aſſurer de ſon cœur, ce n'eſt point la trahir.

(*Elle embraſſe ſa mere. Adelaïde ſort d'un côté, Aliſe entre de l'autre.*)

SCENE VII.

ARGÉNICE, ALISE (*éplorée, les cheveux épars & dans le plus grand déſordre.*)

ALISE.

Ah ! Madame, ſouffrez l'aſpect d'une coupable ;
Pardonnez à mon trouble, à l'effroi qui m'accable ;
Mes yeux, d'ombres couverts, de larmes ſont noyés.
Je ne me connois plus, & je tombe à vos pieds.
Point de pitié pour moi, je me meurs, je m'abhorre ;
Le trépas le plus prompt, voilà ce que j'implore,
Voilà ce que j'attends.

ARGÉNICE.

(à part.)   (haut.)

Je frémis. . . . Levez-vous.
Le trouble où je vous vois défarme mon courroux.

ALISE.

Ce cœur de pleurs nourri, furchargé d'amertume,
S'ouvre enfin & répand l'horreur qui le confume.
Oui, je fuis cette Alife innocente autrefois,
Et fiere fi longtemps d'obéir à vos loix.
Je me livre à vos coups ; je m'y fuis attendue ;
Madame, votre fein doit frémir à ma vue.

ARGÉNICE.

Le cœur le plus aigri pardonne au repentir ;
Et même, en ce moment, je ne puis vous haïr.

ALISE.

Haïffez-moi, frappez ; ma vie eft trop cruelle.

ARGÉNICE (s'attendriffant.)

Vous fûtes malheureufe.

ALISE.

Ah ! dites criminelle.
Je le fus, je le fuis. Après l'égarement

Où me jetta l'horreur d'un tel événement ,
Oui, je devois parler, trahir ce noir myftere.....
Que dis-je ? O ciel ! devois-je affaffiner ma mere ?
De Margifte à mes yeux s'entr'ouvoit le tombeau.
Je la voyois périr fous le fer d'un Bourreau ;
Mon trifte cœur alors fe foulevoit pour elle ;
Je déteftois mes jours & lui reftois fidelle.
Ces objets qui toujours revenoient me frapper,
Sufpendoient un aveu tout prêt à m'échapper.
Joug honteux ! loi cruelle ! affreufe deftinée !
Je fus , par devoir même, aux forfaits enchaînée.
A toute heure , en tous lieux ce fouvenir me fuit ,
Me tourmente le jour , & m'agite la nuit.
Sans ceffe je crois voir s'élever fur ma trace
Un phantôme fanglant que ma douleur embraffe;
Il m'appelle, il m'entraîne , & , me glaçant d'effroi,
Semble m'offrir ce cœur.... qu'il déchira pour moi.

ARGÉNICE.

Expiant l'attentat dont vous futes victime ,
Ce défefpoir me touche , & me force à l'eftime.
Vous ne m'écoutez pas !... ô défordre ! ô terreur !

ALISE.

Madame, j'ai du Ciel épuifé la rigueur ;
Concevez , s'il fe peut, toute mon infortune.
Voyez Alife au fein d'une Cour importune ,

Confuſe de ſon rang, laſſe de ſa grandeur,
Le Diadême au front ; la honte dans le cœur,
Portant un joug ſuperbe & cent fois plus funeſte ;
Idolâtrant des nœuds qu'il faut qu'elle déteſte ;
Contre tout ſentiment contrainte de s'armer,
Réduite à ſe haïr . . . . à n'oſer rien aimer !
Rien ne peut diſſiper l'effroi qui m'environne.
Il n'eſt point de plaiſir que mon cœur n'empoiſonne ;
Et même la douceur d'embraſſer mes enfans ,
Loin de me conſoler, ajoute à mes tourmens.
Souvent je les repouſſe & les traite en coupables.
Tel eſt le noir tiſſu de mes jours déplorables ,
Depuis l'affreux complot, depuis ce jour de deuil
Où l'on me mit au Trône, & ma Reine au cercueil.
Je traîne , en frémiſſant, de remords pourſuivie ,
Et le fardeau du crime, & l'horreur de la vie.

A R G É N I C E.

(à part.)   (haut.)

Tous mes ſens ſont émus ! . . . Calmez cette douleur ;
Vos cris ont pénétré juſqu'au fond de mon cœur.
Si le Ciel déſarmant le bras du Parricide ,
Avoit voulu ſauver les jours d'Adelaïde . . . . .

A L I S E.

Quoi ! que me dites-vous, Madame ? Quel eſpoir
A mes yeux affligés laiſſez-vous entrevoir ! . . .

Mais non : le Meurtrier a confommé fon crime ;
Lui-même, de ma mere eft tombé la victime.
Tout indice a péri : nos vœux font fuperflus.
Il n'en faut point douter, votre fille n'eft plus.

SCENE VIII.

ADELAIDE, (*dans le fond*) ARGÉNICE, ALISE.

ALISE (*continue.*)

PRINCESSE infortunée ! ... Ah ! puiffe-t-elle entendre
Les refpects éternels que je jure à fa cendre,
Mes fanglots, mes regrets ! ... & que ne puis-je, hélas !
Obtenir mon pardon en mourant dans fes bras !

ADELAIDE, (*s'approchant.*)

Alife !

ALISE.

Quelle voix ! ... Où fuis-je ! ... je friffonne !

ADELAIDE.

Je vis, je te revois, je t'aime, & te pardonne.

ALISE.

Adelaïde ! .. Dieu !

ADELAIDE.

Jette-toi dans mon sein,
Alise, entends ma voix.

ALISE.

O prodige ! ô destin !
Adelaïde....

ADELAIDE.

Eh bien !

ALISE, (*se jettant à ses pieds.*)

Ma Reine....

ADELAIDE, (*la relevant.*)

Mon amie....
Le Ciel sauva mes jours pour veiller sur ta vie.
Je reconnois ton cœur ; je n'en ai point douté ;
Je partage ses maux, & le mien t'est resté.
Coupable, ton remords t'eut rendu l'innocence.
Il renaît ce bonheur qui marqua notre enfance.
Ouvre les yeux enfin, repose-les sur moi ;
Ne crains point d'y trouver la colere ou l'effroi.
Je ne le sais que trop, l'infortune est timide ;
Mais tu ne dois plus l'être avec Adelaïde.

ALISE.

C'eft parmi les remords & les déchiremens ;
Lés cris du défefpoir & les frémiffemens,
Que le Ciel a placé, las de fa barbarie,
L'inftant le plus heureux, le plus beau de ma vie !
Avant de vous revoir, qui l'eut dit que mon cœur
Pouvoit jouir encore & s'ouvrir au bonheur ?
Vous vivez ! vous fouffrez que je vous envifage !
Vous-même, vous daignez enhardir mon courage,
Vous vivez !... Ah ! ma joie, en un fi doux moment,
Fera ce que n'ont pu des fiecles de tourment ;
Elle va triompher de ma force abattue ;
Je mourrai dans vos bras, après vous avoir vue.
Acheve, frappe, ô Ciel ! donne-moi le trépas :
Mon bonheur eft entier, fi je n'y furvis pas !

ADELAIDE.

Abjure un vœu cruel, l'amitié te l'ordonne.
Laiffe-moi fur ton front affermir la Couronne.
Garde, garde ce rang où te place ma voix,
Et, fur le Trône même, obéis à mes loix.

ALISE.

Un Trône à moi ! La tombe : oui, voilà mon falaire.
C'eft le bien que je veux .... c'eft le feul que j'efpere.
Un Trône ! à ce nom feul mes maux renaiffent tous.

Voyez qui vous voulez retenir près de vous.

(après un silence.)

Songez donc qui je suis. . . . Mon désespoir m'inspire.
Je saurai vous forcer à recouvrer l'Empire,
Tout ce que j'usurpai , tout ce qui vous est dû,
Retrouvant votre cœur, je n'aurai rien perdu.

(elle sort.)

A R G É N I C E.

Viens, calmons sa douleur. Dieu ! quelle destinée !

A D E L A I D E.

Madame, il n'en est point de plus infortunée.

Fin du quatrieme Acte.

ACTE V.

(On voit le Trône dans le fond du Théâtre ; le Diadême est posé sur une table.)

SCENE PREMIERE.

ALISE, RICOMER.

RICOMER.

Vous m'avez demandé ; qu'attendez-vous de moi ?
Vous .avez trop à qui j'ai dû garder ma foi.

ALISE.

Connoiffez , Ricomer , cette ame infortunée ;
Soumife à fes devoirs , par l'Amour enchaînée ;
Implorant aujourd'hui la main , la même main
Qui veut rompre fes nœuds , qui l'arrache à Pepin.
Voilà quelle je fuis ; vous, foyez inflexible.
Ce n'eft point à mon fort qu'il faut être fenfible.
Vous ne concevez pas l'excès de mon tourment :
Ma grandeur fit ma honte & fut mon châtiment.
Je détefte le Trône & fuis prête à le rendre :
J'afpirois dès longtemps au bonheur d'en defcendre !

Vengeur d'Adelaïde, ami de votre Roi ;
Vous me fervez moi-même en parlant contre moi.

RICOMER.

J'ai fait ce que j'ai dû ; je pourfuivrai , Madame.
Sans nul déguifement je vous ouvre mon ame.
Tout m'y force ; & Pepin malheureux aujourd'hui. . . .

ALISE.

Tant que vous refpirez, il lui refte un appui.
Demeurez à fa Cour, préfervez-le vous-même
Des périls attachés à la grandeur fuprême.
Quand je renonce à lui, je veux, je veux du moins
Confier fon bonheur & fa gloire à vos foins.
Guidé par vos confeils, par votre expérience ,
Qu'il foit toujours l'exemple & l'amour de la France !
Que ce jeune Héros, comblé de tant d'honneurs ,
Soit loué par fon Peuple & non par fes Flatteurs ! . . .
Démafquez à fes yeux leurs lâches artifices ;
Retenez-le, Seigneur, au bord des précipices.
La vérité qu'ici fait chérir votre voix ,
Eft le vœu des Sujets & le befoin des Rois.

RICOMER.

Tout mon fang eft au mien.

ALISE.

Allez, Sujet fidele ;

Allez ; c'eft trop longtemps retarder votre zele.
A de nouveaux effors il doit vous entraîner ,
Pour vaincre Adelaïde & pour la couronner.

RICOMER.

Je vous plains, vous admire ; &, d'une ame affermie ;
Je cours fervir Pepin , ma Reine & la Patrie.

SCENE II.

A L I S E , (feule.)

Mon ame eft plus tranquille. O mânes en courroux ;
Quand pourrai-je vous fuivre & me rejoindre à vous !
Les horreurs du tombeau n'ont rien que je redoute ,
Et votre fang , hélas ! m'en a tracé la route.
J'y defcendrai. Fuyons l'afpect de ce Palais ,
Témoin de mon amour , témoin de mes regrets.
Tout le veut.— Le voilà ce bandeau fi funefte ,
De mes pleurs arrofé. . . . Dieu vengeur que j'attefte ,
Que de fois j'ai rougi fous ce trifte ornement !
Je te dépofe enfin , Diadême effrayant ;
Tu ne peferas plus fur ma tête coupable.
Mais fi tu me femblois un fardeau redoutable ,
Sois, fur un autre front trop longtemps abattu,
Le gage du bonheur , le prix de la vertu !

SCENE III.

ALISE, FANIE.

ALISE.

Les Grands font-ils mandés?

FANIE.

Oui, Madame, & mon zele...

ALISE.

Tu pleures!...

FANIE.

Je frémis. Quel motif les rappelle?

ALISE.

Le temps dévoile enfin l'obfcure vérité,
Et ce jour fur mon fort répandra la clarté.
On entre. Laiffe-moi. Vas, & retiens tes larmes.

FANIE.

Pardonnez ma douleur, & fouffrez mes allarmes.

ALISE.

Songe au foin dont mon cœur s'eft repofé fur toi.

Vas, c'est mon dernier ordre.

F A N I E.

Il est affreux pour moi.

S C E N E   I V.

ALISE, PEPIN, *les Chefs du Peuple.*

P E P I N , (*à sa suite.*)

DEMEUREZ un moment.

S C E N E   V.

A L I S E , P E P I N.

P E P I N.

QUE prétendez-vous faire
Entraîné par vos vœux & par votre priere,
J'assemble autour de vous tous les Chefs de l'Etat.
Qu'annoncent ces apprêts? & pourquoi cet éclat?

(*d'une voix plus basse.*)

Alise, écoute-moi; ta grace est prononcée;
Oui: ta mere n'est plus, ta faute est effacée.

Je ne viens point en Roi qu'il te faut défarmer.
Ne crains point un époux qui veut toujours t'aimer ;
Te protége, te plaint, reffent ta peine affreufe,
Qui doit te confoler & veut te rendre heureufe.
Le devoir, je le fais, dut te facrifier ;
L'afpect de mes enfans m'a fait tout oublier.
J'abhorre les grandeurs ! je hais la loi trop dure
Qui me fit immoler l'Amour & la Nature !
Ce Peuple contre nous peut élever fa voix. . . .
Je faurai le fléchir ; je t'aime, je le dois.
Après tant de travaux, je demande à la France
De me laiffer au moins ton cœur pour récompenfe:
La gloire plaît fans doute à l'orgueil de mes vœux ;
Mais ce n'eft que par toi que je puis être heureux.

ALISE.

Que dites-vous Pepin ? La pitié vous abufe.
Aux yeux de l'Univers vous feriez fans excufe.

(*elle veut fe jetter à fes genoux.*)

Vous m'aimez ! ô mon Roi ! je tombe à vos genoux.
Daignez me regarder feulement fans courroux :
Pour vous intéreffer je fuis trop crimmelle.
J'ai troublé vos deftins ! . . . moi dont le cœur fidele ;
Vous aimant en fecret, n'ofoit s'abandonner
Aux feux que mes malheurs venoient empoifonner.
Oui, je vous adorai, je peux vous en inftruire,
Dans ce moment cruel j'ai le droit de tout dire.

Gêné par mes remords, nourri par vos vertus,
L'Amour fut pour mon ame un reproche de plus;
Et cependant lui seul, adouciffant mes larmes,
Même fur ma douleur répandoit quelques charmes.
Mais pourquoi fur mon fort vais-je arrêter vos yeux?
Au nom de mes regrets & de mes derniers vœux,
Confervez vos bontés pour une autre moi-même,
Pour l'Etat qui m'eft cher, & des enfans que j'aime.

PEPIN.

Ah! moñ cœur te promet de les aimer toujours;
Mais ces gages fi chers ont befoin de tes jours.
Si jamais tu m'aimas, éprouve ma tendreffe;
L'équité ce la rend & non pas la foibleffe.
Ricomer, il eft vrai, par fon zele infpiré,
M'a furpris un ferment auffi-tôt abjuré;
Il étoit contre toi. Mon ame moins févere
N'a pu brifer les nœuds d'un époux & d'un pere.

ALISE.

Soyez Roi; les François fixent fur vous les yeux.
Monarque & Conquérant, jeune & victorieux,
Sans defcendre à mon fort, fuivez vos deftinées.

PEPIN.

Eh bien! partage-les, & rends-les fortunées.

ALISE.

ALISE.

Mes deſtins ſont affreux.... mais mon cœur s'y ſoumet.
(à part.)
Ciel, affermis ma voix & ſoutiens mon projet.
Approchez.
(Elle fait ſigne au Peuple & aux Grands de s'approcher.
Pluſieurs femmes ſe rangent autour d'elle.)

PEPIN.

Quoi !

SCENE VI.

ALISE, PEPIN, (les Chefs du Peuple.)

ALISE.

FRANÇOIS, apprenez un myſtere
Dont je dois vous inſtruire & que je dûs vous taire.
Vous me vîtes ſans titre uſurper votre foi.
Le Trône où je montai n'étoit pas fait pour moi.
Ma mere.... pardonnez ; la pitié fit mon crime :
La Nature parloit, & je fus ſa victime.
Peuple ſenſible, ô vous qui vîtes mes douleurs,
Vous oublierez ma faute en ſongeant à mes pleurs.

F

Peut-être rendrez-vous justice à mon courage.
Tous les maux réunis, ce fût là mon partage ;
Ils étoient à leur comble ; & vous les terminez,
Si je lis dans vos yeux que vous me pardonnez.

PEPIN.

Cruels ! vous vous taisez ! ah ! lorsque tout l'opprime,
J'ose ici réclamer ses droits à votre estime ;
Elle en est digne encore ; &, dans ce jour d'effroi,
Elle a pour Défenseur son époux & son Roi.
Du trouble de mes sens je ne suis plus le maître.
Ses destins sont changés, mais mon cœur ne peut l'être.
Et ce cœur plus fidele à tous ses sentimens,

(s'approchant d'Alise.)
Lui garantit la foi de ses premiers sermens.

SCENE VII.

ADELAIDE, ARGÉNICE, ALISE, PEPIN, RICOMER.

ALISE, (se jettant dans les bras de Pepin.)

QU'ENTENDS-JE ?

PEPIN, (appercevant Adelaïde.)

Ciel ! ô Ciel !

A L I S E.

Revoyez votre Reine.

A R G É N I C E.

Oui, c'eft elle, François, que le fort vous ramene ;
Et, fans ajouter rien, je crois dans cet inftant
Rappeller tous fes droits, en vous la préfentant.

A D E L A I D E.

Je n'en ai point. Alife, au défefpoir livrée,
Alife les a tous, puifqu'elle eft adorée.
Peuple heureux fous fes loix, l'as-tu donc oublié ?
Entends les cris plaintifs de la tendre amitié.
Ce cœur né pour fouffrir, ce cœur qui fe poffede,
Jouit des droits du Trône au moment qu'il le cede.

R I C O M E R.

Que faites-vous, Madame ?

A R G É N I C E.

Ah ! ma fille, arrêtez.
Vos titres & mes vœux feront feuls confultés.

A L I S E, (à *Argénice.*)

J'ofe me joindre à vous. Tout le veut, tout l'ordonne.
(*montrant Adelaïde.*)
Oui, Madame, il lui doit fa main & fa Couronne.

RICOMER.

Mon Maître l'a promis.

ALISE.

                Et ce cœur aujourd'hui,
S'il falloit l'affermir, lui serviroit d'appui.

PEPIN.

Je sens tous mes devoirs, & leur fardeau m'accable,
Nature, Amour, Patrie, honneur inexorable,
Vous remplissez mon ame, & vous la déchirez.
  (à *Alise.*)
Nos cœurs étoient-ils faits pour être séparés ?

ALISE, (à *Pepin.*)

Votre gloire l'exige, & c'est elle que j'aime.

SCENE VIII.

ADELAIDE, ARGÉNICE, ALISE, FANIE, *les deux
fils de Pepin,* PEPIN, RICOMER, *les Grands,
le Peuple. Gardes.*

       ALISE, *avançant vers le fond du théâtre,
à Pepin.*

INFORTUNÉ par moi, je vous rends à vous-même.
La France qui condamne un funeste lien,

Veut votre facrifice , & j'acheve le mien.

Elle fe poignarde & tombe dans les bras de fes Femmes.

A D E L A I D E.

Alife!

P E P I N.

Ah! malheureux!

A D E L A I D E.

Qu'as-tu fait ?

P E P I N.

Chere Alife !

A L I S E.

Nos nœuds t'auroient perdu.... C'eft l'Amour qui les brife.

P E P I N.

Cruelle , ainfi par toi tous mes vœux font trahis !

A L I S E.

Elle vit ! vous pleurez ! tous les miens font remplis.
Montez , fille des Rois , montez à votre place.
Dieu , conferve le Trône à leur augufte race !

Traînant fes Enfans aux pieds d'Adelaïde.

Je veux qu'à vos genoux , foumis dès ce moment ,

Mes fils foient les premiers à vous prêter ferment.
Rappellez-vous pour eux combien je vous fus chere :
Protégez des enfans dont vous aimiez la mere :
Conservez ma mémoire, & plaignez leurs malheurs.
Vivez, régnez heureux ; c'est mon espoir. Je meurs.

Fin du cinquieme & dernier Acte.

J'ai lu par ordre de Monfieur le Lieutenant-Général de Police, *Adelaïde de Hongrie*, Tragédie ; & je crois que l'on peut en permettre l'impreffion, à Paris, ce 25 Juillet 1774.

MARIN.

Vu l'Approbation. Permis d'imprimer, ce 28 Juillet 1774.

DE SARTINE.

De l'Imprimerie de GUEFFIER, rue de la Harpe.

On trouve chez le même Libraire , les Fables du même Auteur , superbe Edition ornée de Vignettes & Culs-de-lampes de la plus grande beauté. Il y en a un très-petit nombre en papier de Hollande.